HISTÓRIAS EXTRAORDINÁRIAS

Título original: *The Works of Edgar Allan Poe*
Copyright © Editora Lafonte Ltda. 2022
Todos os direitos reservados.

Nenhuma parte deste livro pode ser reproduzida por quaisquer meios existentes sem autorização por escrito dos editores e detentores dos direitos.

Direção Editorial *Ethel Santaella*

REALIZAÇÃO

GrandeUrsa Comunicação

Direção *Denise Gianoglio*
Tradução *Maria Beatriz Bobadilha*
Revisão *Valéria Thomé*
Capa, Projeto Gráfico e Diagramação *Idée Arte e Comunicação*

Dados Internacionais de Catalogação na Publicação (CIP)
(Câmara Brasileira do Livro, SP, Brasil)

Poe, Edgar Allan, 1809-1849
  Histórias extraordinárias / Edgar Allan Poe ; tradução Maria Beatriz Bobadilha. -- 1. ed. -- São Paulo : Lafonte, 2022.

  Título original: The works of Edgar Allan Poe
  ISBN 978-65-5870-296-2

  1. Contos - Literatura infantojuvenil I. Título.

22-118787   CDD-028.5

Índices para catálogo sistemático:

1. Contos : Literatura infantojuvenil   028.5

Aline Graziele Benitez - Bibliotecária - CRB-1/3129

Editora Lafonte
Av. Profª Ida Kolb, 551, Casa Verde, CEP 02518-000, São Paulo-SP, Brasil
Tel.: (+55) 11 3855-2100, CEP 02518-000, São Paulo-SP, Brasil
Atendimento ao leitor (+55) 11 3855- 2216 / 11 3855 - 2213 - atendimento@editoralafonte.com.br
Venda de livros avulsos (+55) 11 3855- 2216 - vendas@editoralafonte.com.br
Venda de livros no atacado (+55) 11 3855-2275 - atacado@escala.com.br

EDGAR ALLAN POE

HISTÓRIAS EXTRAORDINÁRIAS

Tradução Maria Beatriz Bobadilha

Brasil, 2022

Lafonte

SUMÁRIO

7	O ESCARAVELHO DE OURO
73	O RETRATO OVAL
81	WILLIAM WILSON
119	A ATRIBUIÇÃO
143	A CARTA ROUBADA
177	MANUSCRITOS ENCONTRADOS NUMA GARRAFA
197	O DEMÔNIO DA PERVERSIDADE

ILUSTRAÇÃO HARRY CLARKE (1919)

O ESCARAVELHO DE OURO

"Ei! Ei! Este rapaz está dançando como louco! Foi picado pela tarântula!"

All in the Wrong, Arthur Murphy

Há muitos anos, travei amizade com um senhor chamado William Legrand. Pertencia a uma antiga família huguenote e outrora fora rico, mas uma série de infortúnios levaram-no à miséria. Para fugir das mortificações que resultariam de suas tragédias, deixou Nova Orleans, a cidade de seus antepassados, e mudou-se para uma ilha bastante singular, a Ilha Sullivan, perto de Charleston, na Carolina do Sul.

Formada praticamente de areia do mar, tem apenas 4 quilômetros de extensão e em nenhum ponto sua largura ultrapassa meio quilômetro. Separa-se do continente por um braço de mar, que, fluindo imperceptível por um vasto charco lamacento, é refúgio favorito das mais variadas aves marinhas. A vegetação, como se pode imaginar, é escassa e, no máximo, raquítica. Por ali, não há nenhum tipo de árvore de grande porte. Somente na extremidade oeste, nos arredores da região do Forte Moultrie, é possível encontrar algumas palmeiras anãs, próximas aos barracões miseráveis que acolhem aqueles que escapam da poeira e da febre de Charleston durante o verão. Assim, com exceção dessa ponta ocidental e da faixa de areia branca e áspera à beira-mar, toda a extensão da ilha é coberta por uma vegetação rasteira e repleta de cálamo-aromático, altamente valorizado pelos horticultores ingleses. Alguns desses arbustos, entretanto, podem atingir de 4 a 6 metros de altura e formar um matagal quase impenetrável, impregnando o ambiente com seu aroma marcante.

Na mais recôndita clareira encontrada nesse matagal, não tão longe da região leste, a mais remota da ilha, Legrand construiu sozinho uma pequena cabana — na qual residia quando tomei conhecimento dele, por mero acaso do destino. Essa aproximação logo evoluiu para amizade, pois muito daquele eremita me despertava interesse e admiração. À primeira vista, achei-o extremamente educado e logo notei suas admiráveis capacidades mentais; porém, infectado por uma espécie de misantropia, o homem estava fadado a uma traiçoeira alteração de humor, variando entre a melancolia profunda e o entusiasmo extremo. Tinha consigo diversos livros, mas deles fazia raro uso. Seus principais entretenimentos eram a caça e a pesca, além de perambular pela praia e pelos cálamos em busca de conchas ou de espécies entomológicas — é provável que sua mais recente coleção fosse até por Swammerdamm[1] invejada.

Nessas excursões, era geralmente acompanhado por um senhor negro chamado Júpiter, que fora libertado antes mesmo das reviravoltas na família, mas que não aceitava, nem sob ameaças ou promessas, abandonar seu jovem "sinhô Will", cujos passos considerava ser seu direito e dever acompanhar. Porém, não julgo improvável que os parentes de Legrand, considerando Júpiter um velho de frágil intelecto, tenham planejado instilar essa teimosia em sua mente, tendo em vista a supervisão e a guarda do jovem errante.

Os invernos na região da ilha de Sullivan quase nunca são severos, e é coisa rara ter de acender a lareira no fim do ano; entretanto, em meados de outubro do ano 18, fomos surpreendidos por um dia de friagem incomum. Um pouco

---

1 Jan Swammerdamm (1637-1680) foi um célebre pesquisador e autor da *História Geral dos Insetos* (1669).

antes de o sol se pôr, apressei-me através da vegetação perene a caminho da cabana de meu amigo, que eu não visitava havia várias semanas. Isso porque, residindo naquele tempo em Charleston, a uma distância de 14 quilômetros da ilha, os recursos de travessia e de volta eram bem piores que hoje em dia.

Assim que alcancei a cabana, bati à porta como de costume e, sem nenhuma resposta, procurei a chave onde sabia que estava escondida. Girei-a na fechadura e entrei, deparando-me com um leve fogo que ardia na lareira. Aquilo era novidade... uma surpresa nem um pouco desagradável. Tirei o sobretudo, puxei uma poltrona para perto da lenha crepitante e, pacientemente, aguardei a chegada dos anfitriões.

Logo após escurecer, ambos chegaram e me receberam com cordiais boas-vindas. Júpiter, sorrindo de orelha a orelha, adiantou-se para preparar umas aves marinhas para nossa ceia, enquanto Legrand passava por um de seus surtos — poderia eu denominá-los de maneira mais apropriada? — de entusiasmo. Ele encontrara um molusco bivalve ainda desconhecido, provavelmente de um novo gênero. Mais do que isso, também caçara e apanhara, com a ajuda de Júpiter, um *scarabaeus* que acreditava ser totalmente inédito — e sobre o qual desejava minha opinião, no dia seguinte.

— E por que não esta noite? — indaguei, esfregando as mãos próximas ao fogo e desejando que toda a raça dos *scarabaeus* fosse para o inferno.

— Ah, se eu soubesse que o senhor estava aqui! — disse Legrand. — Mas, como faz tanto tempo que não nos vemos, não poderia imaginar que me visitaria logo esta noite, entre tantas outras. A caminho de casa, encontrei-me com o tenente G, aquele do forte, e cometi a tolice de deixar o escaravelho passar a noite com ele... Então será impossível vê-lo até que amanheça. Durma aqui esta noite e pedirei para Jup buscá-lo no nascer do sol. É a coisa mais linda do mundo!

— O quê? O nascer do sol?

— Claro que não! O escaravelho! Ele é de uma cor de ouro, tão brilhante... quase do tamanho de uma grande noz! Também tem um par de antenas delicadas e três manchas negras, duas delas perto de uma das extremidades das costas, e a outra, um pouco mais longa, na extremidade oposta. Quando o vi lá, tão...

— Num tem nada de latão nele, sinhô Will, tô te dizendo... — interrompeu Júpiter. — O escaraveio é d'ôro puro, cada tiquinho dele, de cabo a rabo, menos as asas. Nunca nessa vida vi um escaraveio tã pesado.

— Bom, suponhamos que seja, Jup — respondeu Legrand, com uma certa seriedade que aquela situação, a meu ver, não parecia demandar. — Mas isso é motivo para deixar as aves queimarem? Bom, a cor — prosseguiu, virando-se para mim — é quase capaz de realmente comprovar a suposição de

Júpiter. Garanto que o senhor nunca viu um brilho metálico mais cintilante do que o emitido por sua carapaça. Pena que o senhor só poderá avaliá-lo amanhã. Enquanto isso, posso dar-lhe uma ideia do formato — disse, sentando-se diante de uma mesinha, onde havia somente pena e tinteiro. Pôs-se a procurar por algum papel numa gaveta, mas nada encontrou.

— Deixa pra lá. Isto basta — disse, por fim, tirando do bolso do colete algo que julguei serem restos amassados de uma folha de almaço. Em seguida, fez um grosseiro desenho com a pena e, enquanto completava sua ilustração, mantive--me sentado próximo à lareira, pois ainda sentia frio. Assim que o trabalho ficou pronto, entregou-o para mim sem se levantar; porém, no momento em que pus as mãos sobre ele, ouviu-se um alto rosnado, sucedido por diversos arranhões na porta. Júpiter abriu-a, e um enorme cão terra-nova, criado por Legrand, irrompeu pela sala e pulou em meus ombros, num gesto afetuoso — pois já estava acostumado a brincar comigo em minhas visitas. Quando a euforia e a diversão cessaram, fitei o papel e, para ser sincero, fiquei bastante intrigado com o que meu amigo retratara.

— Está bem! — exclamei, após contemplá-lo por alguns minutos. — Confesso que é um estranho *scarabaeus*. Para mim é novidade, nunca vi coisa parecida, a não ser um crânio ou uma caveira. De tudo que já vira neste mundo, é com isso que mais se parece.

— Uma caveira! — repetiu Legrand. — Oh! Sim, claro...
No papel ele tem algo que remeta a isso, sem dúvidas. As
duas manchas pretas assemelham-se a olhos, não é mesmo?
E a mais longa, na parte de baixo, lembra uma boca. Além
disso, o formato do contorno é oval.

— Talvez seja isso — respondi —, mas receio que não seja
um grande artista, Legrand. Se preciso formar qualquer ideia
de sua aparência, então devo esperar até ver o próprio inseto.

— Bom, não sei — disse ele, um pouco aborrecido. —
Meus desenhos são razoáveis... ou pelo menos deveriam ser.
Tive bons professores e me sinto lisonjeado por não ser um
tapado nas artes.

— Mas, meu caro amigo... só pode estar brincando —
respondi. — De fato, este é um crânio bem aceitável. Inclusive,
poderia até dizer que é um excelente crânio, de acordo com
as noções populares sobre tais arquétipos da fisiologia. Entretanto, se o seu *scarabaeus* se parece com isso, estão deve
ser o *scarabaeus* mais estranho do mundo. Ora, poderíamos
até aproveitar essa interessante ilusão que nos trouxe seu
esboço. Presumo que o chamará *scarabaeus caput hominis*[2]
ou algo assim. Há vários nomes semelhantes na História Natural. Mas onde estão as antenas sobre as quais comentou?

---

2   Escaravelho cabeça humana. (N. da T.)

— As antenas! — exclamou Legrand, tornando-se inexplicavelmente alvoroçado com o assunto. — Estou certo de que consegue ver as antenas. Fiz questão de desenhá-las tão nítidas quanto as originais e creio que seja suficiente.

— Bom, vejamos — disse eu, observando mais atentamente —, talvez o senhor as tenha feito, mas não enxergo — e passei-lhe o papel, sem nada comentar, para não correr o risco de seu temperamento eriçar. Contudo, muito me surpreendi com a reviravolta da situação; e o seu repentino mau humor me intrigava. Quanto ao desenho do inseto, não me restavam dúvidas, *realmente* não havia nenhum par de antenas visíveis; bem como estava certo de que o conjunto da obra possuía uma semelhança bastante estreita com desenhos genéricos de caveiras humanas.

Tomou o papel com muita irritação e estava prestes a amassá-lo para, ao que tudo indicava, atirá-lo ao fogo, quando uma olhadela de relance na ilustração pareceu subitamente prender-lhe a atenção. Num átimo, sua face enrubesceu bruscamente; noutro, empalideceu em demasia. Por alguns minutos, seguiu escrutinando o desenho, de maneira deveras minuciosa, ainda paralisado no mesmo lugar. Finalmente levantou-se, apanhou uma vela na mesa e foi sentar-se sobre um baú de viagem, no canto mais remoto do cômodo. Ali, isolado, voltou a inspecionar o papel ansiosamente, virando-o em todas as direções. Não proferiu sequer uma palavra, mas sua conduta me causava grande espanto. Julguei prudente, contudo, não aguçar a crescente irritação em seu temperamento com comentários desnecessários. Logo depois, retirou do bolso uma carteira, dentro da qual cuidadosamente colocou o papel, e guardou-a na gaveta de uma escrivaninha, trancada a chave. Agora apresentava um comportamento mais controlado, mas o ânimo entusiasmado de outrora desaparecera por completo. Não parecia tão emburrado quanto se mostrava abstraído. Quanto mais a noite se alongava, mais e mais se afogava nos próprios devaneios — dos quais nenhuma das minhas investidas foi capaz de resgatá-lo. Tinha a intenção de passar a noite na cabana, como fizera tantas outras vezes; no entanto, ao vê-lo daquele jeito, considerei prudente partir. Ele, por conseguinte, não insistiu para que eu ficasse, mas ao se despedir apertou-me a mão com mais cortesia que o normal.

Cerca de um mês após esse ocorrido — durante o qual não tive notícias de Legrand —, recebi a visita de seu criado, Júpiter, em Charleston. Nunca vira o bom negro velho tão abatido e temi que alguma doença tivesse acometido meu amigo.

— Bom, Jup — iniciei a conversa —, qual é o problema agora? Como vai seu patrão?

— Oia... pra falá a verdade, sinhô, ele tá meio malacafento, viu... num devia tá assim, não.

— Ele não vai bem?! Sinto muito em saber disso. De que ele se queixa?

— Taí! É esse o problema! Ele num reclama di nada, mais ele tá doente por demais.

— Muito doente, Júpiter?! E por que não disse logo? Ele está acamado?

— Isso ele num tá, não! Ele num sossega o facho... E é aí que o calo aperta! Tô ficando zureta co pobre sinhô Will.

— Júpiter, eu realmente gostaria de entender a que doença você se refere. Está me dizendo que o seu patrão está enfermo. Ele não lhe contou de que sofre?

— Oia, sinhô, nem vale a pena ficá de sangue quente por causa disso... O sinhô Will num dá um pio sobre o que tá passano. Mais então por qu'ele fica pra lá e pra cá, só oiano pra baixo, co a cabeça caída e as oreia em pé, branco feito assombração? E aí passa o dia intero fazeno uns cálculo...

— Fazendo o que, Júpiter?

— Fica fazeno uns cálculo c'uns número e uns risco num quadro-negro... O risco mais estrambólico que já vi. Juro pro sinhô que já tô começano a rancá os cabelos da cabeça... Tenho que fica cos zoio pregado nele o dia inteiro. Outro dia ele deu no pé antes do sol raiá e passô todo o santo dia sumido, bateno perna por aí. Já tava ca vara pronta pra sentá uns tabefes nele, pr'ele vê o que é bão pra tosse. Mas fui um pamonha e num tive corage... O coitado tava tão borocoxô.

— Hein...? Como...? Ah, entendi! No fim das contas, o senhor fez bem em não ser tão severo com o pobre coitado... Não bata nele, Júpiter... Ele pode não aguentar isso. Mas o senhor não faz a mínima ideia do que causou essa doença, ou melhor, essa mudança de comportamento? Aconteceu algo ruim desde a última vez que os visitei?

— Não, sinhô... Num teve nada de ruim desd'aquele dia... Acho que foi antes... Na verdade, foi no mesmo dia que o sinhô teve lá.

— Como assim? O que quer dizer?

— Uai, meu sinhô... Tô falano do escaraveio.

— Falando de quê?

— O escaraveio! Tenho certeza qu'o meu sinhô foi murdido pelo escaraveio, n'algum lugar perto da cabeça.

— E quais motivos tem para achar isso, Júpiter?

— O bicho tem umas garras e uma boca violenta. Nunca vi um escaraveio tão endiabrado. Ele bate e morde tudo qui chega perto dele. Primero o sinhô Will pegô o bicho, mas teve qui sortá rapidinho e foi aí que ele deve tê mordido. Num gosto nem di oiá pra boca do escaraveio — é feia que só. Nunca qu'eu ia pegá aquela coisa cas mão, então garrei o bicho c'um pedaço di papé qui achei. Daí enrolei ele no papé e botei um pedaço na boca dele. Foi isso qu'eu fiz.

— Então o senhor acha que Legrand foi realmente mordido pelo inseto e que essa picada o adoeceu?

— Eu num acho nada. Eu tô é certo! Se num for a picada do escaraveio d'ôro, qui mais faria ele sonhá tanto cum ôro? Eu já tinha ouvido falá desses escaraveio d'ôro antes disso.

— Mas como o senhor sabe que ele sonha com ouro?

— Com'eu sei? Uai, porque ele fala disso enquanto tá dormindo. É por isso qu'eu sei.

— Ora, Jup... talvez o senhor esteja certo, mas a que afortunada razão devo atribuir a honra de sua visita hoje?

— Com'assim, sinhô?

— Júpiter, o senhor veio trazer algum recado de Legrand?

— Não sinhô. Eu vim é trazê isso — e entregou-me um bilhete, no qual encontrei a seguinte mensagem:

"Meu caro,

Por que há tanto tempo que não o vejo? Espero que não tenha sido tolo a ponto de se ofender com alguma pequena aspereza de minha parte. De qualquer forma, creio que isso seja improvável. Desde que o vi, venho encarando diversas questões que despertam minha ansiedade. Tenho algo a lhe revelar, ainda que mal saiba como contar. Isto é, nem sei se realmente devo lhe contar.

Não tenho passado bem nesses últimos dias. O pobre velho Jup vem me irritando por isso e quase extrapola todos os meus limites em virtude de sua proteção bem-intencionada. Dá para acreditar que outro dia ele pegou uma vara enorme para me castigar? Só porque escapuli dele e passei o dia sozinho entre as colinas do continente! Acredito que só me safei de levar uma surra graças à minha aparência debilitada.

Desde a última vez que nos vimos, não adicionei mais nada ao armário da coleção.

Se o senhor puder, e não for incomodá-lo, venha com Júpiter. *Realmente* venha. Gostaria de vê-lo esta noite, para tratarmos de uma séria questão. E lhe asseguro, é assunto de suma importância.

Saudações cordiais,\
William Legrand."

Havia algo no tom desse bilhete que me causou grande inquietação. Todo o estilo diferia completamente dos modos de Legrand. Com que estaria sonhando? Que novo delírio estaria se apossando de sua mente sensível? Que "assunto de suma importância" teria a resolver? Tudo aquilo que Júpiter relatara sobre ele não parecia coisa boa. Eu temia que a constante pressão de seus infortúnios enfim tivesse desarranjado o bom senso de meu amigo. Não hesitei nem por um segundo e logo me apressei para acompanhar Jup.

Ao alcançar o cais, notei uma foice e três pás no chão do barco em que estávamos, todas aparentando bom estado.

— Mas o que é isso tudo, Jup? — indaguei.

— Uma foice, sinhô, e três pá.

— Certo, mas o que elas estão fazendo aqui?

— É a foice e as pás que o sinhô Will pediu pr'eu comprá pr'ele na cidade. E que bolada do inferno tive que dá pra pagá tudo isso.

— Em nome de todos os mistérios desse mundo... Que é que o seu "sinhô Will" pretende fazer com foices e pás?

— Meu sinhô, num me faz pregunta difícil... Eu num sei e aposto qui nem ele sabe. Só sei qu'isso é tudo coisa do escaraveio.

Percebendo que nada satisfatório obteria de Júpiter, cuja mente parecia ter sido sugada pelo "escaraveio", entrei no barco e icei a vela. Arrastados por uma boa e forte brisa, flutuamos em direção à pequena angra, a norte do Forte

Moultrie. Por fim, após uma caminhada de pouco mais de 3 quilômetros, alcançamos a cabana. Eram quase 3 da tarde quando chegamos, e Legrand estava à nossa espera com ansiosa expectativa. Ao apertar minha mão, senti um misto de amabilidade e nervosismo no gesto — o que me alarmou e fortaleceu as suspeitas já levantadas. Seu semblante estava mais pálido que o de um fantasma, e os olhos fundos brilhavam com uma claridade anormal. Após algumas perguntas a respeito de sua saúde, sem saber ao certo que assunto puxar, perguntei-lhe se pegara o *scarabaeus* com o tenente G.

— Ah, sim — respondeu, enrubescendo subitamente. — Ele entregou-me na manhã seguinte. Nada podia me separar desse *scarabaeus*. O senhor soube que Júpiter estava certo sobre ele?

— Em que sentido? — indaguei, com um triste pressentimento no coração.

— Ao supor que fosse de ouro maciço.

Meu amigo afirmou tal coisa num profundo tom de seriedade, e eu não consigo expressar em palavras o quão chocado fiquei.

— Esse escaravelho fará minha fortuna — prosseguiu, com um sorriso triunfante — e me reintegrará nas posses da família. Então, por que seria motivo de espanto que eu o apreciasse? Já que a fortuna decidiu concedê-lo a mim de bom grado, só preciso utilizá-lo de maneira apropriada e, então, encontrarei o ouro por ele indicado. Júpiter, traga-me o *scarabaeus*!

— O quê!? O escaraveio, sinhô? Acho mió num me arriscá c'aquele escaraveio não... O sinhô qui apanhe aquele bicho.

Em seguida, Legrand levantou-se, com o semblante sério e imponente, retirou o inseto da caixa de vidro em que estava preso e o trouxe nas mãos. De fato, era um belo *scarabaeus*, ainda desconhecido pelos naturalistas daquele tempo — e, seguramente, tinha grande valor do ponto de vista científico. Havia duas manchas negras e redondas, ambas próximas a uma das extremidades das costas, e a terceira, mais longa, situada na extremidade oposta. A carapaça era extremamente dura e lustrosa, semelhante a uma superfície de ouro polido. E o peso do animal era de fato notável. Portanto, levando tudo isso em conta, parecia-me impossível discordar da opinião de Júpiter sobre o *scarabaeus*. Entretanto, não sabia o que fazer quanto à maneira pela qual Legrand resolveu encarar aquela opinião.

— Mandei chamá-lo — disse ele, com um ar pomposo, logo após eu concluir a inspeção do inseto — porque gostaria de contar com os seus conselhos e o seu auxílio para ampliar a compreensão sobre o destino e o escaravelho...

— Meu caro Legrand — exclamei, interrompendo —, o senhor certamente não está bem, e me parece apropriado que tome alguns cuidados... Peço que vá se deitar, e eu ficarei aqui alguns dias até que recobre a saúde. Está com febre e...

— Tome meu pulso — disse ele.

Tomei-lhe o pulso e, honestamente, não identifiquei nenhum indício de febre.

— Mas o senhor pode estar doente e, ainda assim, não ter febre. Permita-me, ao menos desta vez, prescrever-lhe algo. Primeiro de tudo, vá se deitar. Depois...

— O senhor está enganado — interrompeu-me. — Estou tão bem quanto poderia estar no estado de euforia em que me encontro. Se o senhor realmente se importa comigo, trate de me ajudar a aliviar esta euforia.

— E como hei de fazer isso?

— Bom, é fácil demais. Júpiter e eu partiremos para uma expedição nas colinas do continente e, nessa jornada, precisaremos do auxílio de alguém em quem podemos confiar. E, bom... o senhor é a única pessoa que merece nossa confiança. Em todo o caso, se vencermos ou se fracassarmos, a inquietação que o senhor agora percebe em mim será igualmente aliviada.

— De qualquer forma, anseio ampará-lo — respondi —, mas pretende ao menos dizer se o maldito *scarabaeus* tem relação com essa jornada pelas colinas?

— Sim, tem.

— Nesse caso, Legrand, não posso me envolver em tão absurda empreitada.

— Sinto muito... sinto muito... pois então teremos de fazê-la por nossa conta e risco.

— Pois vão sozinhos! Decerto este homem só poder estar louco! Mas vejamos... quanto tempo pretende passar fora?

— Provavelmente a noite toda. Partiremos imediatamente e, em todo caso, estaremos de volta ao amanhecer.

— Então o senhor me promete e honrará sua palavra que, quando essa sua loucura acabar, e o assunto do *scarabaeus* — valha-me Deus — estiver resolvido, retornará para casa e seguirá meu conselho sem pestanejar, como se fosse do seu próprio médico?

— Sim, eu prometo... Agora partamos, pois não temos tempo a perder.

Com um aperto no peito, acompanhei meu amigo. Partimos por voltas das 4 horas — Legrand, Júpiter, o cachorro e eu. Júpiter carregava a foice e as pás, pois insistira em levar todas sozinho. A meu ver, mais por medo de deixá-las ao alcance do patrão do que por qualquer excesso de diligência ou complacência. O velho se comportava com extremo rancor, e "aquele mardito escaraveio" foram as únicas palavras que saíram de sua boca durante toda a expedição. De minha parte, estava encarregado de um par de lanternas furta-fogo, enquanto Legrand contentava-se com o *scarabaeus*, que levava amarrado à ponta de um barbante, balançando-o para lá e para cá enquanto andava, como se fosse um ilusionista. Quando me deparei com essa cena, clara evidência da aberração mental de meu amigo, mal pude conter as lágrimas. Contudo, julguei que seria melhor relevar sua fantasia, ao menos por enquanto, ou até que pudesse adotar medidas mais drásticas, com mais chance de sucesso. Enquanto isso, tentei sondá-lo a respeito do objetivo daquela jornada — uma série de tentativas vãs. Satisfeito em ter me induzido a acompanhá-lo, parecia indisposto a conversar sobre qualquer assunto banal e, a todas as minhas perguntas, limitava-se a apenas responder: "Veremos!"

Cruzamos o braço de mar na ponta da ilha por meio de um esquife e, subindo o terreno íngreme da orla continental, seguimos a noroeste, passando por um trecho de campo ermo e selvagem, onde não se via nem um único vestígio de pegadas humanas. Legrand nos guiava determinado, parando somente por alguns instantes, aqui e ali, para conferir o que pareciam ser certos pontos de referência, por ele mesmo colocados numa ocasião anterior. Desse modo, caminhamos por cerca de duas horas, e o sol ainda desfalecia quando adentramos uma área infinitamente mais tenebrosa que qualquer outra vista até então.

Era uma espécie de planalto, próximo ao cume de uma colina quase inacessível, recoberta do pé ao topo por uma densa mata e entremeada com gigantescos rochedos, que pareciam descolados do solo e só não desabavam vale adentro graças ao mero suporte das árvores nas quais se escoravam. Profundas ravinas se estendiam em diversas direções, agregando ao cenário uma seriedade ainda mais áspera.

Aquela plataforma selvagem por nós conquistada encontrava-se completamente coberta por uma manta de amoreiras silvestres, através das quais logo descobrimos ser impossível caminhar sem o uso da foice. Então Júpiter, às ordens do patrão, pôs-se a abrir uma trilha até um imenso tulipeiro que se erguia na superfície plana, mais alto que os oito ou dez carvalhos que o rodeavam. Para ser sincero, ultrapassava todas as árvores que já vira até então, na beleza da folhagem, no formato da copa, na extensão dos ramos e no seu aspecto majestoso. Ao alcançarmos a árvore em questão, Legrand virou-se para Júpiter e perguntou-lhe se achava possível conseguir escalá-la. O velho pareceu um tanto desconcertado com tal questionamento e, por alguns segundos, manteve-se calado. Por fim, aproximou-se do tronco colossal e, a passos lentos, deu uma volta em torno dele, examinando-o minuciosamente. Ao terminar a análise, simplesmente disse:

— Sim, sinhô, Jup escala quarqué arvre do mundo.

— Então suba o mais rápido possível, pois logo ficará escuro demais para enxergarmos o mundo ao nosso redor.

— Até ondi o sinhô qué qu'eu subo? — perguntou Júpiter.

— Primeiro suba no tronco principal e depois lhe digo para qual ramo ir e... espere! Leve junto o escaravelho.

— O escaraveio, sinhô?! O escaraveio d'oro?! — exclamou o velho, recuando aterrorizado. — Pra que levá o escaraveio cumigo? Deus me livre desse bicho!

— Se o senhor, um negro forte e parrudo, tem medo de relar nesse inofensivo besourinho morto, pode levá-lo pelo barbante... Mas, se não subir com ele de alguma forma, serei obrigado a quebrar sua cabeça com esta pá.

— Qui é isso, sinhô? — disse Jup, claramente envergonhado a ponto de ceder. — Como sempre, o sinhô vino qui nem galo de briga pra cima do teu preto veio. Eu tava só brincano. E eu lá sô homi di tê medo di escaraveio? Tô nem aí pr'esse escaraveio. — Nesse momento, pegou a ponta do barbante com muita cautela e, mantendo o inseto o mais longe possível que as circunstâncias lhe permitiam, preparou-se para escalar a árvore.

Quando jovem, o tulipeiro, ou *Liriodendron tulipferum*, possui um tronco bastante característico, liso e geralmente sem ramos laterais até uma certa altura. Todavia, a mais ex-

EDGAR ALLAN POE

traordinária árvore das florestas americanas, quando madura, passa a ter uma casca enrugada e irregular, com diversos galhinhos que surgem ao longo do tronco. Dessa forma, a dificuldade em subi-la era mais aparente do que real. Abraçando o enorme cilindro com os braços e os joelhos o mais forte que conseguia, Júpiter escalou agarrando algumas protuberâncias com as mãos enquanto apoiava os dedos desprotegidos em outras. Finalmente, após se safar de uma ou duas chances de queda, ele se contorceu na primeira grande bifurcação, aparentando crer que o trabalho estivesse praticamente concluído. De fato, embora estivesse a apenas cinco ou seis metros do chão, o grande risco da empreitada já fora superado.

— Pr'ondi devo i agora, sinhô Will? — perguntou.

— Mantenha-se no tronco mais grosso: aquele ali do lado — respondeu Legrand. O velho obedeceu-lhe prontamente e, pelo que parecia, sem muita dificuldade. Subia cada vez mais alto, até não conseguirmos mais vislumbrar seu vulto agachado em meio à densa folhagem que o envolvia. Nesse instante, sua voz irrompeu como um grito.

— Quanto qui ainda farta pr'eu subi?

— A que altura está? — perguntou Legrand.

— Tão arto, mais tão arto — respondeu Jup — qui consigo vê o céu no arto da árvore.

— Esqueça o céu, apenas preste atenção ao que lhe digo. Olhe para baixo e conte quantos galhos tem nesse tronco, aí desse lado mesmo, bem embaixo de onde está. Por quantos galhos o senhor passou?

— Um, dois, três, quatro, cinco... Passei por cinco gaio grande, sinhô.

— Agora suba mais dois galhos.

Em poucos minutos, ouviu-se novamente a voz, anunciando que o sétimo fora alcançado.

— Agora, Jup — gritou Legrand, deveras agitado —, quero que se arraste por esse galho até onde conseguir. Se vir alguma coisa estranha, me avise.

A essa altura, qualquer fagulha de dúvida que eu ainda pudesse ter a respeito da insanidade de meu pobre amigo foi, finalmente, extinta. Não havia outra alternativa senão concluir que fora acometido por uma intensa loucura. Passei a me sentir extremamente ansioso para levá-lo de volta à casa. Enquanto eu ponderava o melhor a ser feito, a voz de Júpiter ecoou mais uma vez.

— Tô cum medo de me arriscá ino mais longe nesse gaio. Tá quase todo podre.

— O senhor disse que o galho está podre? — gritou Legrand, com a voz trêmula.

— Sim, sinhô, já foi pro beleléu. Tá mortinho da silva.

— Oh céus, que faço agora?! — exclamou Legrand, tomado por uma torrente de desespero.

— Que fazer agora? — respondi, contente pela brecha em que pude dizer algo. — Ora, ir embora e descansar. Vamos agora! Não se faça de difícil. Está ficando tarde... Além disso, não se esqueça da sua promessa.

— Júpiter! — gritou, sem dar a mínima para mim — Está me ouvindo?

— Sim, sinhô! Tô escutano muito bem.

— Tente tirar uma lasca com o canivete e veja se está mesmo podre por dentro.

— Tá podre, sinhô, tenho certeza — respondeu Jup, logo em seguida. — Mais... até que num tá tãããoo podre. Se eu tivesse sozinho... podia inté tenta me arriscá mais um tiquinho.

— Se estivesse sozinho!? Como assim?

— Ora, se num tivesse co escaraveio junto. O bicho é pesado por demais. Se eu sortasse ele, o gaio num ia quebrá só co peso dum preto veio.

— Seu velhote dos infernos! — gritou Legrand, aparentemente muito aliviado. — Que quer dizer com essas bobagens? Se soltar esse escaravelho, juro que quebro seu pescoço! Escute aqui, Júpiter! Está me ouvindo?

— Sim, sinhô... Num precisa gritá desse jeito co teu preto veio.

— Ora, então preste atenção! Se o senhor se arriscar nesse galho, indo o máximo que puder em segurança, sem soltar o escaravelho, eu lhe darei de presente uma moeda de prata quando descer.

— Tô indo, sinhô Will! Trato feito! –respondeu prontamente o velho. — Tô quase na ponta agora.

— Quase na ponta! — Legrand gritou com tamanho entusiasmo. — O senhor disse que está quase na ponta do galho?

— Tô quase lá, sinhô. Ooooooooh! Cruiz credo! Que diabos é essa coisa aqui na árvore?

— Boa! — exclamou Legrand, bastante encantado. — Que é?

— Ora, é nada mais nada menos qui uma caveira! Alguém deixô uma cabeça aqui, e os corvo comero cada tiquinho da carne.

— Uma caveira! Foi isso mesmo que disse?! Vejamos... Como ela está presa no galho? Que coisa a segura?

— Num sei, não, sinho. Xô dá uma oiada. Valha-me Deus, oia as coisas qu'eu tenho qui fazê... Achei! Tem um prego enorme qui prende a cavera na árvore.

— Bom, agora faça exatamente o que eu mandar. Entendeu, Júpiter?

— Sim, sinhô.

— Então, preste atenção. Encontre o olho esquerdo da caveira.

— Humm... Tá bem! Mas ela num tem mais zoio nenhum...

— Maldita estupidez! O senhor por acaso sabe distinguir a mão direita da esquerda?

— Ora, isso eu sei. Sei muito bem. É ca mão esquerda que eu racho lenha.

— Isso! O senhor é canhoto, e o seu olho esquerdo está do mesmo lado de sua mão esquerda. Agora creio que conseguirá encontrar o olho esquerdo da caveira... ou o buraco em que o olho esquerdo costumava ficar. Achou?

Depois de um longo intervalo, o velho finalmente perguntou:

— O zoio esquerdo da cavera também fica do mesmo lado da mão esquerda dela? Purque a cavera num tem mão nenhuma... Ah, num importa! Achei o zoio esquerdo agora. Tá aqui ele! E qui qu'eu faço cum isso agora?

— Jogue o escaravelho dentro dele, até onde o barbante alcança. Mas tenha cuidado e não solte o barbante em momento algum.

— Prontinho, sinhô Will. Foi coisa fácil botá o escaraveio no buraco. Oia ele lá embaixo!

Ao longo de todo esse colóquio, nenhuma parte de Júpiter podia ser vista; no entanto, estando agora o escaravelho pendurado mais abaixo, o inseto passou a ser visível na ponta do barbante, cintilando como um globo de ouro polido, sob os últimos raios do sol poente, que timidamente iluminava o relevo em que estávamos. O *scarabaeus* pendia livremente, sem nenhum galho embaixo e, se porventura despencasse, cairia bem aos nossos pés. De imediato, Legrand apanhou a foice e carpiu um espaço circular de 2 a 3 metros de diâmetro, bem debaixo do inseto. Tendo feito isso, ordenou a Júpiter que soltasse o barbante e descesse da árvore.

Após cravar uma estaca no solo — com bastante cuidado, para que fosse na exata marca que o escaravelho deixara —, meu amigo sacou do bolso uma fita métrica. Em seguida, prendeu uma das extremidades no tronco da árvore, atentando-se a fixá-la no ponto mais próximo à estaca. Depois disso, desenrolou a fita até alcançar a estaca, onde fixou a outra extremidade, e prosseguiu desenrolando-a na direção assinalada por aqueles dois pontos, a árvore e a estaca, perfazendo uma distância de 15 metros. Nesse ínterim, Júpiter limpava com a foice as amoreiras pelo caminho. No espaço delimitado, uma segunda estaca foi cravada e definida como centro, ao redor da qual um círculo grosseiro foi traçado, com diâmetro de aproximadamente 1 metro. Por fim, Legrand apanhou uma pá para si e entregou as outras duas a mim e a Júpiter, implorando para que cavássemos o mais rápido possível.

Para ser sincero, atividades como aquela nunca me agradaram e, naquele momento específico, eu provavelmente estaria inclinado a recusar, pois a noite se aproximava e estava deveras fatigado com todo o exercício já feito. Contudo, não via escapatória para aquela situação e temia perturbar a tranquilidade de meu pobre amigo com minha recusa. Se eu pudesse de fato confiar na ajuda de Júpiter, certamente não hesitaria em carregar aquele lunático à força para casa. Porém, como conhecia muito bem o jeito do velho, sabia que, naquelas circunstâncias, ele nunca confrontaria pessoalmente seu "sinhô" só para me ajudar.

Falando em seu "sinhô", não me restavam dúvidas de que Legrand era vítima de alguma das inúmeras crendices sulistas sobre dinheiro enterrado. E tal fantasia fora reforçada pela descoberta do *scarabaeus* ou pela teimosia de Júpiter em insistir que se tratava de um "escaraveio d'oro puro". Uma mente predisposta à loucura seria facilmente influenciada por tais sugestões — especialmente se elas coincidissem com ideias convenientes e preconcebidas. Recordei-me, então, do discurso de meu pobre companheiro sobre o escaravelho supostamente "indicar sua fortuna". Diante disso tudo, além de intrigado, sentia-me extremamente irritado. No entanto, resolvi entrar na dança e me pus a cavar com empenho, para que, pela comprovação empírica, o visionário logo pudesse se convencer da falácia dos próprios pensamentos.

Com as lanternas acesas, entregamo-nos ao trabalho com um fervor digno de uma causa mais lógica. Conforme o clarão das lanternas se derramava sobre nós e as ferramentas, não pude deixar de pensar no pitoresco grupo que formávamos e em quão suspeito nosso trabalho poderia parecer aos olhos de qualquer intruso que conosco trombasse naquele lugar.

Cavamos por duas horas ininterruptas, trocando poucas palavras. Nosso principal inconveniente estava nos latidos do cachorro, que se interessava por nossa incumbência e tanta algazarra fazia a ponto de despertar-nos um certo temor, uma apreensão de que pudesse alarmar interesseiros que pelos arredores estivessem — honestamente, talvez essa apreensão fosse apenas de Legrand, pois eu me contentaria com qualquer interrupção que me permitisse conduzir o lunático de volta à cabana. Finalmente, o barulho foi silenciado com bastante eficácia por Júpiter, que saiu do buraco com uma expressão obstinada, amarrou a boca da fera com um de seus suspensórios e retornou ao trabalho com uma risadinha irônica.

Quando o período mencionado expirou, havíamos atingido 1 metro e meio de profundidade — ainda sem sinal de tesouro. Todos fizeram uma pausa e, naquele momento, comecei a nutrir esperanças de que aquela farsa estivesse chegando ao fim. Legrand, entretanto, embora claramente desconcertado, enxugou a testa pensativamente e voltou a cavar. Vasculhamos toda a extensão da circunferência traçada e, pouco a pouco, alargávamos seu limite. Também chegamos a mais de 2 metros de profundidade, mas, ainda assim, nada surgiu. O caçador de ouro, de quem eu honestamente sentia pena, com muita relutância e a mais amarga decepção estampada no rosto, pôs-se lentamente a vestir o casaco que arrancara no início da labuta. Nesse meio-tempo, não abri a boca. Júpiter, às ordens do patrão, começou a recolher e juntar as ferramentas. Feito isso, e estando o cachorro livre da mordaça, retornamos em profundo silêncio.

Tínhamos dado uns doze passos pela trilha quando Legrand rompeu o silêncio gritando um palavrão e saltou sobre Júpiter, agarrando-o pelo pescoço. Atônito, o velho arregalou os olhos e a boca, largou as pás e se jogou de joelhos no chão.

— Seu patife — praguejou Legrand, sussurrando as sílabas por entre os dentes cerrados —, seu negro dos infernos! Fale agora. Eu ordeno! Fale agora, sem trapacear! Qual é... qual é o seu olho esquerdo?

— Ai, mô Deus! Sinhô Will! Num é esse daqui meu zoio esquerdo? — berrou Júpiter aterrorizado, pousando a mão sobre seu globo ocular direito e persistindo desesperadamente em ali conservá-la, como se temesse que o patrão tentasse arrancá-lo de repente.

— Bem o que imaginei! Eu sabia! Viva! — vociferou Legrand, soltando o pescoço do velho e pondo-se a saltitar e a rodopiar, para grande espanto de seu criado, que, erguendo-se do chão, em completo silêncio, olhava de seu patrão para mim e de mim para seu patrão.

— Vamos! Precisamos voltar! O jogo ainda não está perdido! — disse Legrand, guiando-nos de volta ao tulipeiro.

— Júpiter — disse ele, assim que o alcançamos —, venha cá! A caveira estava pregada no galho com a face virada para dentro ou para fora do tronco?

— A cara tava pra fora, sinhô... e desse jeito foi moleza pros corvos chegá nos zoio e comê tudo.

— Ora, então foi neste ou naquele olho que o senhor lançou o escaravelho? — perguntou Legrand, enquanto apontava para cada um dos olhos de Júpiter.

— Foi nesse zoio aqui, sinhô — o esquerdo. Do jeito que o sinhô mandô –respondeu Jup, indicando o olho direito.

— Bom, isso basta... devemos tentar de novo.

Sem delongas, meu amigo — em cuja insanidade eu agora vislumbrava, ou achava vislumbrar, indícios de algum método — removeu a estaca que marcava o ponto onde o escaravelho caíra e moveu-a cerca de oito centímetros a oeste de sua posição anterior, voltando a cravá-la na terra. Depois, esticando a fita métrica do ponto mais próximo do tronco até a estaca, como antes fizera, continuou estendendo-a em linha reta pela distância de 15 metros, até ser levado a um novo local, afastado por vários metros da área onde tínhamos escavado.

Em torno da nova marca, Legrand traçou um novo círculo, um tanto maior que o anterior, e então voltamos a nos dedicar às pás. Eu estava terrivelmente cansado; no entanto, sem compreender o que ocasionara uma repentina mudança em meus pensamentos, não sentia mais nenhuma grande aversão ao trabalho imposto. Por alguma inexplicável razão, passei a me interessar pelo enigma — e não só isso, estava até entusiasmado. Em meio a toda a extravagância de Legrand, talvez houvesse algo que me impressionava, algum aspecto premeditado ou ponderado. Cavava com afinco e, de vez em quando, flagrava meus próprios pensamentos serem tomados por algo similar a uma certa expectativa, buscando de fato aquele tesouro imaginário — cuja ilusão desatinara meu infeliz companheiro. No momento em que tais devaneios me dominavam por completo, quando já havíamos trabalhado por cerca de uma hora e meia, fomos novamente interrompidos pelos violentos uivos do cão. Num primeiro instante, sua inquietação fora evidentemente motivada por gracejos e caprichos; mas agora, o animal parecia assumir um tom mais amargo e sério. Resistiu com intensa fúria à nova tentativa de Júpiter em amordaçá-lo e, pulando para dentro do buraco, começou a cavar freneticamente com suas poderosas garras. Em poucos segundos, revelou uma pilha de ossos humanos, formando dois esqueletos completos que se misturavam a diversos botões de metal e restos de lã apodrecida. Com mais uma ou duas pazadas de terra, encontramos a lâmina de uma faca espanhola e, mais ao fundo, três ou quatro moedas de ouro e de prata vieram à luz.

Ao vê-las, Júpiter foi incapaz de conter o entusiasmo escancarado no rosto. Ao mesmo tempo seu patrão foi tomado por um ar de extrema decepção. Legrand, todavia, insistiu para que continuássemos nos esforçando e, enquanto suas palavras ainda se dissolviam pelo ar, tropecei e cambaleei para a frente, tendo batido a ponta da bota num grande anel de ferro que jazia semienterrado na terra fofa.

Daí em diante, trabalhamos para valer, e nunca vivenciara dez minutos de tão intensa euforia. Durante esse curto período, desenterramos uma arca de madeira, num formato oblongo. Pelo perfeito estado de conservação e admirável resistência, certamente passara por algum processo de petrificação — talvez o do bicloreto de mercúrio. Essa caixa tinha cerca de 1 metro de comprimento, meio de largura e 10 centímetros de altura e estava protegida por firmes aros de ferro fundido, todos cravados na madeira formando uma espécie de grade, que a envolvia. Em dois lados opostos da arca, na extremidade superior, havia três anéis de ferro — seis no total —, por meio dos quais seis pessoas poderiam segurá-la com firmeza. Todos os nossos maiores esforços reunidos serviram apenas para mover alguns centímetros do cofre em seu leito; e imediatamente percebemos a impossibilidade de remover tão grande peso. Com sorte, as únicas travas da tampa consistiam em dois ferrolhos de simples abertura. Trêmulos e ofegantes de tanta ansiedade, puxamos a tampa e, em poucos segundos, uma riqueza de inestimável valor jazia cintilante diante de nós. Conforme os raios das lanternas escorriam buraco adentro, de lá surgia um clarão radiante, emanado por um amontoado de ouro e de joias que nos deslumbravam a vista.

Não pretendo descrever os sentimentos aflorados por aquela visão, mas certamente o espanto predominava. Legrand parecia exausto de tanta euforia, restringindo-se a poucas palavras, enquanto Júpiter manteve-se pálido como um fantasma por alguns minutos — isto é, tão pálido quando possível para uma pele negra. O velho parecia entorpecido... extasiado. Em seguida, lançou-se de joelhos no buraco, mergulhando os braços nus direto no ouro puro, deixando-os ali ficar à medida que desfrutava todo o luxo daquele banho. Por fim, com um profundo suspiro, exclamou como num monólogo:

— E tudo isso veio do escaraveio d'oro! Do maravioso escaraveio d'oro! Do pobre escaraveio, qu'eu tanto xinguei... Falei o diabo a quatro do coitado! Ocê num se avergonha d'ocê memo, preto veio? Vai, me responde!

Por fim, foi preciso que eu despertasse a atenção do senhor e de seu criado, atentando-lhes para a necessidade de remover o tesouro dali. Estava ficando tarde, e demandaria bastante empenho para que pudéssemos chegar com tudo aquilo em casa antes do amanhecer. Custoso foi definirmos o que deveria ser feito — e muito tempo foi gasto com tolas discussões, tão confusas eram as ideias de todos. Finalmente, decidimos aliviar o peso da caixa removendo dois terços do conteúdo — e só então, com certa dificuldade, conseguimos tirá-la do buraco. Os objetos excluídos foram depositados entre as amoreiras, e o cachorro ficou encarregado de protegê-las, sob ordens estritas de Júpiter para que não saísse de perto do esconderijo, em nenhuma circunstância, e nem sequer abrisse a boca até retornarmos. Com a arca em mãos, apressamo-nos rumo à cabana. Apesar do extremo esforço, chegamos em segurança, à 1 hora da manhã. Esgotados como estávamos, foi humanamente impossível fazer qualquer outra coisa de imediato. Portanto, descansamos até às 2, ceamos e partimos para as colinas sem demora. Levamos três ou quatro sacos robustos, que, por sorte, encontramos na cozinha. Um pouco antes das 4, chegamos ao local e dividimos o restante do saque entre nós, de maneira justa e igual. Por fim, deixando os buracos escavados para trás, retornamos à cabana e depositamos a segunda carga de ouro na residência de meu amigo, justamente quando os primeiros raios da alvorada despontavam cintilantes sobre as copas das árvores a leste.

Estávamos completamente exaustos, mas o intenso alvoroço do momento nos impedia de repousar. Após um inquieto cochilo de três ou quatro horas, como se tivéssemos combinado, despertamos todos juntos para examinar nossos bens.

Com a arca cheia até a borda, passamos o dia inteiro, e grande parte da noite, analisando minuciosamente seu conteúdo. Não havíamos seguido ordem ou método de organização, e tudo fora jogado de maneira desordenada dentro da arca. À vista disso, só depois de tudo classificado e organizado com grande zelo, encontramo-nos em posse de mais fortuna do que supuséramos a princípio. Em moedas, somamos mais de e 450 mil dólares — estimando o valor do dinheiro de acordo com as tabelas da época, do modo mais preciso que podíamos. Não havia sequer uma única partícula de prata. Tudo era ouro de antiga data e de grande variedade: moeda francesa, espanhola e alemã, junto com alguns guinéus ingleses e outros trocados desconhecidos por nós. Encontramos também inúmeras moedas pesadas e grossas, tão desgastadas que nada se podia identificar em suas inscrições. Dinheiro estadunidense, contudo, não havia.

O valor das joias foi o mais difícil de se estimar. Vários diamantes se somavam à fortuna, e nenhum deles podia ser considerado pequeno — embora alguns fossem bem mais volumosos e deslumbrantes que outros. Para ser exato, contamos 110 diamantes, 18 rubis intensamente brilhantes, 310 esmeraldas — todas esplêndidas —, 21 safiras, além de uma única opala. Todas as pedras foram arrancadas de seus engastes e atiradas de qualquer modo no baú. Na verdade, os próprios engastes, recolhidos entre as outras peças de ouro, pareciam ter sido martelados, como se quisessem impedir que fossem identificados.

A tudo isso, somava-se uma vasta quantidade de ornamentos de ouro puro. Eram quase 200 brincos e anéis maciços; ricas correntes — 30 delas, se não me falha a memória –; 83 crucifixos, todos grandes e pesados; cinco valiosos incensários de ouro; uma enorme poncheira dourada, ornamentada com belas folhas de parreira e símbolos bacanais; dois cabos de espada delicadamente trabalhados em alto-relevo e muitos outros objetos menores dos quais não me lembro agora. O peso dessas preciosidades excedia 150 quilos e, nessa conta, não incluí 197 esplêndidos relógios de ouro. Três deles valiam 500 dólares cada e, embora fossem todos cravejados com ricas pedras preciosas e guardados em estojos de grande valor, vários eram antiquíssimos; portanto, inúteis como marcadores de tempo, já que as engrenagens haviam sido corroídas pelos anos. Naquela noite, estimamos que todo o conteúdo da arca valia em torno de 1 milhão e meio de dólares. Contudo, após a venda das joias e dos pingentes, tendo mantido apenas alguns para uso próprio, descobrimos ter subestimado demasiadamente o valor do tesouro.

Quando finalmente concluímos nossa avaliação, e a intensa excitação do momento diminuíra em certa medida, Legrand, que observara minha desesperadora impaciência em busca de uma explicação para aquele extraordinário enigma, passou a relatar em detalhes todas as circunstâncias a ele relacionadas.

— O senhor se lembra — disse ele — da noite em que lhe entreguei aquele tolo esboço do escaravelho? Também se recorda de que fiquei extremamente zangado por ter insistido que meu desenho se assemelhava a uma caveira? Quando o senhor disse aquilo pela primeira vez, pensei que estivesse apenas brincando; porém, depois de um certo tempo, eu trouxe à memória aquelas manchas peculiares nas costas do inseto e admiti para mim mesmo que sua observação fazia, de fato, algum sentido. Contudo, seu sarcasmo sobre minhas habilidades gráficas me irritou. Pois sou considerado um bom artista. Por esse motivo, quando me devolveu o pedaço de pergaminho, estava tomado pela raiva, na iminência de amassá-lo e atirá-lo ao fogo.

— O pedaço de papel, quer dizer? — disse eu.

— Não. Era deveras parecido com um papel comum e, no começo, também achei que fosse, porém, quando comecei a desenhar nele, logo percebi que se tratava de um pedaço muito fino de velino. Como deve se lembrar, estava bem sujo. Bom, enquanto estava a amassá-lo, meu olhar caiu sobre o esboço que o senhor estivera olhando... E imagine meu espanto quando percebi que, de fato, havia a imagem de uma caveira bem ali onde eu acreditava ter retratado o escaravelho. Por um momento, fiquei extremamente impressionado para conseguir pensar com clareza. Eu sabia que, em diversos detalhes, meu desenho era diferente daquele — embora houvesse, de modo geral, uma certa semelhança nos contornos. Sem demora, tomei uma vela e sentei-me no outro canto do cômodo, para que assim pudesse analisar o pergaminho mais de perto. Ao virá-lo, vi meu próprio desenho no verso, como realmente o fizera. Naquele instante, minha primeira reação foi uma mera surpresa com a similaridade dos contornos e com a bizarra coincidência no fato, para mim desconhecido, de que havia um crânio no outro lado, exatamente atrás do meu desenho do *scarabaeus*. E de que aquele crânio, não apenas nos traços, mas no tamanho, tanto se assemelhasse ao meu esboço. Confesso que a bizarrice de tal coincidência me deixou estupefato por um certo tempo — um efeito comum em casos de coincidências desse gênero. A mente luta para estabelecer alguma correlação, alguma sequência de causa e efeito, mas, sendo incapaz de fazê-la, sofre uma espécie de paralisia temporária.

"Assim que me recuperei de tal estupor, passei a ser dominado por uma gradual convicção que me espantou ainda mais do que aquela coincidência. Comecei a recordar, com muita clareza e certeza, que não havia nenhum desenho no pergaminho quando fiz o esboço do *scarabaeus*. Estava perfeitamente certo disso, porque me lembrei de virá-lo de um lado e do outro, à procura de um espaço mais limpo. Se porventura ali o crânio estivesse, eu naturalmente não teria deixado de notar. Deparei-me, pois, com um mistério aparentemente inexplicável. Todavia, mesmo naquele primeiro momento, pareceu levemente cintilar, no mais remoto e oculto recanto de meu intelecto, uma faísca de percepção sobre a verdade que a aventura da noite passada nos demonstrou com grande magnificência. Por fim, levantei-me de repente e, guardando o pergaminho com cuidado, contive qualquer reflexão mais profunda para quando estivesse a sós."

"Quando o senhor saiu, e Júpiter já estava num sono profundo, entreguei-me a uma investigação mais metódica do assunto. Antes de tudo, considerei a maneira pela qual o pergaminho veio parar em minhas mãos. O lugar em que encontramos o *scarabaeus* ficava na costa oeste do continente, a cerca de um quilômetro da ilha e a uma curta distância acima da marca da maré alta. Quando o agarrei, ele me deu uma picada aguda, fazendo com que eu o deixasse cair. Júpiter, com sua prudência de sempre, antes de apanhar o objeto que voara em sua direção, procurou ao redor por uma folha ou algo com que pudesse apanhá-lo. Foi nesse momento que seus olhos, assim como os meus, esbarraram com o pedaço de velino — que, até então, supunha ser apenas um papel qualquer. Estava meio enterrado na areia, com apenas uma ponta à mostra. Próximo também ao lugar onde o encontramos, observei resquícios de casco do que aparentava ter sido um escaler de navio. Aqueles destroços pareciam estar lá por décadas, pois era quase impossível identificar nas madeiras a aparência de um bote."

"Bem, Júpiter apanhou o pergaminho, envolveu o escaravelho nele e o entregou para mim. Logo em seguida, voltamos para casa e encontramos o tenente G no caminho. Mostrei-lhe o inseto, e o homem implorou para que o deixasse levá-lo ao forte. Com o meu consentimento, colocou-o rapidamente no bolso do colete, mas sem o velino em que estivera envolto — o qual eu mantivera na mão durante a inspeção do animal. Talvez o tenente receasse que eu pudesse mudar de ideia, por isso achou melhor se assegurar imediatamente do prêmio... O senhor sabe como ele fica entusiasmado com assuntos relacionados à História Natural. Ao mesmo tempo, sem tomar consciência do que fazia, devo ter guardado o pergaminho em meu próprio bolso."

"O senhor se recorda que, quando fui à mesa para fazer o esboço do escaravelho, não encontrei nenhum papel, em que costumava guardá-lo. Revirei a gaveta, mas também não havia nada. Vasculhei meus bolsos, na esperança de encontrar alguma carta velha, quando minha mão se deparou com o pedaço de pergaminho. E assim, esmiuço a maneira exata pela qual ele caiu em minhas mãos — pois tais circunstâncias me impressionaram com uma violência ímpar."

"Não duvido de que o senhor pensará que sou um sonhador. Mas eu já tinha estabelecido uma certa conexão. Juntara dois elos de uma imensa corrente. Havia um bote largado na beira do mar e, não muito distante do bote, um velino — não um papel comum — com um crânio desenhado nele. Poderia até me perguntar "mas onde está a relação nisso?" E eu lhe responderia que o crânio, ou a caveira, é popularmente conhecida como o emblema dos piratas. A bandeira de caveira é içada em todas as suas jornadas."

"Como já disse, tratava-se de um pedaço de pergaminho, não de papel comum. O velino é durável... quase imperecível. Assuntos de pouca importância são raramente delegados a esse tipo de material, visto que, para simples fins ordinários de desenho ou de escrita, ele não é tão prático quanto o papel. Essa reflexão sugeriu algum significado — alguma relevância — na caveira. Também não deixei de observar o formato do pergaminho. Embora um dos cantos tivesse sido acidentalmente destruído, podia-se ver que sua forma original era retangular. Era, pois, somente um pedaço, como se tivesse sido destinado a uma nota, para o registro de algo que deveria ser relembrado e cuidadosamente preservado."

— Mas — interrompi — o senhor disse que a caveira não estava no pergaminho quando fez o desenho do escaravelho. Como, então, traça algum vínculo entre o bote e o crânio? Visto que este, como o senhor mesmo admitiu, deve ter sido desenhado — só Deus sabe como e por quem — em algum momento posterior ao seu esboço do *scarabaeus*.

— Ah! Aí é que está todo o mistério. Embora eu tivesse relativamente pouca dificuldade em desvendar o segredo nesse caso, visto que meus passos estavam certos e só seria possível chegar a um único resultado. Por exemplo, raciocinei assim: quando desenhei o *scarabaeus*, não existia crânio nenhum no velino e, ao terminar, entreguei o esboço ao senhor, observando-o atentamente até que o devolvesse. Logo, o senhor não desenhou o crânio e não havia mais ninguém que pudesse tê-lo desenhado. Não fora, portanto, concebido por mãos humanas. E nem sequer fora concebido. Nesse ponto de minhas reflexões, esforcei-me para relembrar — e me lembrei, com bastante exatidão, de cada incidente que ocorrera durante aquele intervalo de tempo. O clima estava frio... Oh, raro e prazeroso imprevisto! E o fogo ardia na lareira. Como estava aquecido pelo exercício, sentei-me próximo à mesa. O senhor, porém, puxara a poltrona para perto da chaminé."

"No instante em que depositei o pergaminho em sua mão e estava prestes a lê-lo, o Lobo, meu terra-nova, entrou e pulou nos seus ombros. Com a mão esquerda, o senhor acariciou sua cabeça e o afastou; enquanto a direita, agarrada ao velino, vagarosamente caiu entre os seus joelhos, bem próxima ao fogo. Até mesmo houve um instante em que pensei que a chama o atingiria, e estava prestes a avisá-lo. Mas, antes mesmo que eu pudesse falar, o senhor o retirou e se pôs a analisá-lo. Assim, quando considerei todos esses pormenores, nem por um segundo duvidei de que o calor fora o agente responsável por trazer à luz a caveira que vira no pergaminho. O senhor bem sabe da existência de preparados químicos com os quais é possível escrever, no papel ou no velino, de modo que os traços só apareçam quando submetidos à ação do fogo — e essas substâncias existem desde os primórdios. Às vezes utiliza-se o óxido de cobalto, dissolvido em água régia e diluído em quatro partes de água, resultando uma tinta esverdeada. Já o régulo de cobalto, dissolvido no nitrato de potássio puro, dá uma tinta avermelhada. Essas cores desaparecem em intervalos maiores ou menores, após o esfriamento do material escrito; porém, se submetidas a alguma fonte de calor, elas voltam a aparecer."

"À vista disso, minuciosamente analisei a caveira. As bordas externas, aquelas linhas mais próximas à ponta do velino, destacavam-se muito mais do que as outras. Naturalmente, a ação do calor fora imperfeita ou desigual. Acendi um fogo de imediato e expus todas as partes do velino a um calor ardente. A princípio, o único efeito foi apenas acentuar os traços mais fracos da caveira, entretanto, insistindo no experimento, tornava-se visível, num canto da nota, diagonalmente oposta ao desenho do crânio, o que parecia ser a figura de uma cabra. Porém, um exame mais atento demonstrou-me tratar-se de um cabrito."

— Ah, ah! Ah, ah! — não contive a risada. — Honestamente, não tenho o direito de rir do senhor. Um milhão e meio de dólares é coisa séria para brincadeiras. Mas não me diga que estabeleceu um terceiro elo em sua cadeia! Impossível achar qualquer conexão especial entre os seus piratas e uma cabra. São os fazendeiros que se interessam por elas!

— Mas acabei de dizer que a figura não era de uma cabra!

— Ora, que seja de um cabrito... É quase a mesma coisa.

— Quase... mas não é a mesma coisa — respondeu Legrand. — Talvez você já tenha ouvido falar de um tal Capitão Kidd. Logo encarei a imagem do animal como uma espécie de trocadilho ou assinatura hieroglífica[3]. Digo assinatura porque sua posição no velino sugere essa hipótese. Do mesmo modo, o crânio no canto diagonalmente oposto apresentava o aspecto de um carimbo... ou talvez de um selo. Mas fiquei profundamente perturbado com a falta do resto, do corpo de meu idealizado instrumento, do texto de meu contexto.

— Presumo que esperava encontrar uma carta entre o selo e a assinatura.

— De fato, algo assim. A verdade é que fiquei tentado por um pressentimento de que uma boa e vasta fortuna estava prestes a aparecer. Mal consigo explicar o motivo. Creio que, no fim das contas, talvez fosse mais um desejo do que uma crença real. Inclusive, acredita que as bobeiras do senhor e de Júpiter, sobre o escaravelho ser de ouro, desempenharam um importante efeito sobre a minha imaginação? E depois, aquela série de incidentes e coincidências — foi tudo tão extraordinário! O senhor percebe como, por simples acasos,

---

3   No texto original, consta *kid*, que é a palavra em inglês para designar cabrito. (N. da T.)

esses eventos ocorreram bem no único dia do ano em que fazia frio ou frio suficiente para acendermos a lareira e que, sem o fogo, ou sem a intervenção do cachorro no momento exato em que ele apareceu, eu nunca saberia da existência da caveira e, por conseguinte, nunca tomaria posse do tesouro?

— Certo, mas continue... já estou impaciente.

— Bom, o senhor naturalmente já ouviu as muitas histórias, as centenas de boatos nebulosos que circulam sobre o dinheiro enterrado por Kidd e seus marujos, em algum lugar da costa atlântica. A meu ver, esses boatos só podem ter surgido de determinado fundamento real; e o fato de perdurarem por tanto tampo, até os dias atuais, só podia ser resultado de uma circunstância em que o tesouro ainda estivesse sepultado. Se acaso Kidd tivesse escondido sua pilhagem por um certo tempo, recuperando-a depois, os rumores mal teriam chegado aos nossos ouvidos, muito menos de forma tão consistente. Observe que todas as histórias contadas são sobre buscadores de dinheiro, nunca sobre descobridores. Ademais, tivesse o pirata recuperado seu dinheiro, o caso estaria encerrado. Pareceu-me que algum acidente — digamos, a perda de uma nota indicando o local — o privou dos meios de recuperá-lo. E assim, tal acidente ficara conhecido por seus comparsas — que, não fosse esse fato, jamais saberiam que aquela relíquia havia sido enterrada. A partir disso, as tentativas de recuperá-lo começaram — todas em vão, pois sem guia —, dando origem aos relatos que, posteriormente, tornaram-se universais e comuns. Veja... o senhor já ouviu falar de um único tesouro importante que tenha sido desenterrado na costa?

— Jamais.

— Mas muito se sabe que a fortuna acumulada por Kidd era imensa. Portanto, tomei como certo que a terra ainda a guardava escondida. E mal se surpreenderá se eu lhe disser que senti uma esperança, quase como uma certeza, de que o pergaminho, encontrado de maneira tão peculiar, relaciona-se com o registro do lugar em que o baú fora depositado.

— E como prosseguiu?

— Bom... voltei a expor o velino ao fogo, tendo aumentado o calor, mas nada apareceu. Em seguida, considerei a possibilidade de que a sujeira por cima pudesse ter alguma relação com o fracasso; então, com muita cautela, limpei o pergaminho derramando um pouco de água quente sobre ele. Feito isso, coloquei-o numa bacia de latão, com a caveira virada para baixo, e depositei a bacia numa fornalha com carvão em brasa. Em poucos minutos, com o recipiente aquecido por completo, removi a nota. Tomado por um indescritível deleite, encontrei-a manchada em diversas áreas, com o que me pareceu serem figuras organizadas em linhas. Coloquei-a novamente na bacia, deixando que lá permanecesse por mais um minuto. Depois de tirá-la, tudo estava como agora pode ver.

Nesse momento, após reaquecer o material, Legrand entregou-o à minha análise. Entre a caveira e a cabra, os seguintes sinais estavam grosseiramente riscados em tinta vermelha:

"53‡‡†305))6*;4826)4‡.)4‡);806*;48†8¶60))85;1‡(;:‡*8†83(88)5*†
;46(;88*96*?;8)*‡(;485);5*†2:*‡(;4956*2(5*−4)8¶8*;4069285);)
6†8)4‡‡;1(‡9;48081;8:8‡1;48†85;4)485†528806*81(‡9;48;(88;4(‡?3
4;48)4‡;161;:188;‡?;"

— Mas agora — comentei, entregando-lhe o pergaminho — estou bem mais confuso que antes. Se todas as joias de Golconda fossem-me oferecidas em troca da solução desse enigma, eu certamente seria incapaz de merecê-las.

— Meu caro — disse Legrand —, de modo algum a solução é tão difícil quanto o senhor pode ter sido induzido a imaginar após essa primeira e apressada inspeção dos sinais. Esses símbolos, como qualquer um pode facilmente notar, formam uma cifra — ou seja, eles expressam um significado. Todavia, pelo que se sabe sobre Kidd, supus que não fosse capaz de elaborar um criptograma demasiadamente complexo. Na mesma hora, decidi que se tratava de uma cifra simples — ao contrário do que deve ter pensado o rude pirata, cujo intelecto provavelmente a considerou indecifrável.

— E o senhor realmente a decifrou?

— Facilmente. Já resolvi outras, mil vezes mais enigmáticas. Certas circunstâncias e propensões mentais levaram-me a tomar gosto por tais enigmas. Pode apostar, não há charada criada pela engenhosidade humana que a própria engenhosidade humana, por meio de métodos adequados, não consiga resolver. Na verdade, uma vez que eu tenha definido caracteres conectados e legíveis, pouco me importo com a mera dificuldade de aperfeiçoar seus significados.

"No caso em questão — aliás, em todos os casos de escrita secreta — o primeiro passo se resume a descobrir a língua em que a cifra foi escrita. Isso porque, até certo ponto, os princípios de solução, especialmente em cifras mais simples, variam a depender do estilo de cada idioma. De modo geral, para quem busca decifrar um criptograma, não há outra alternativa senão, conduzido pelas probabilidades, experimentar todas as línguas de que tem conhecimento, até que a verdadeira seja encontrada. Contudo, na cifra que temos aqui, todo esse problema foi resolvido graças à assinatura do capitão. O trocadilho com o nome "Kidd" e o emblema do cabrito só faz sentido na língua inglesa, visto que o homófono "*kid*" significa "cabrito". Não fosse por isso, eu teria começado minhas tentativas com o espanhol e o francês, pois são línguas nas quais esse tipo de segredo poderia facilmente ter sido escrito por um pirata dos mares do império espanhol. Porém, neste caso, presumi que o criptograma estivesse em inglês."

"Como pode ver, não há divisões entre as palavras. Todavia, se estivessem separadas, a tarefa teria sido relativamente mais fácil e, nesse caso, eu teria começado com uma comparação analítica das palavras mais curtas... Assim, se encontrasse uma palavra com uma só letra, como geralmente ocorre no inglês, daria como certa a solução. Não havendo divisões, meu primeiro passo foi identificar as letras predominantes, bem como as menos frequentes. Contando todas, construí a seguinte tabela:"

O algarismo	8	ocorre 33 vezes
O sinal	;	ocorre 26
O algarismo	4	ocorre 19
Os símbolos	‡)	ocorrem 16
O símbolo	*	ocorre 13
O algarismo	5	ocorre 12
O algarismo	6	ocorre 11
O símbolo e o algarismo	† e 1	ocorrem 8
O algarismo	0	ocorre 6
Os algarismos	9 e 2	ocorrem 5
O sinal e o algarismo	: e 3	ocorrem 4
O sinal	?	ocorre 3
O símbolo	¶	ocorre 2
Os sinais	- e .	ocorrem 1

"Bom, em inglês, a letra de maior ocorrência é o *e*. As demais aparecem na seguinte ordem: *a o i d h n r s t u y c f g l m w b k p q x z*. O *e* é tão predominante que são raras as frases em que não é a letra que mais prevalece, independentemente do tamanho do período. Desse modo, logo no começo já temos uma base metodológica, bem mais que uma mera adivinhação."

"É evidente o uso geral que se pode fazer dessa tábua; mas, nesta cifra específica, raras vezes recorreremos ao seu auxílio. Como o símbolo prevalecente é o 8, começaremos supondo que ele seja o *e* do alfabeto romano. Para verificar a suposição, observemos se o 8 costuma ocorrer em pares; pois o *e* aparece dobrado com grande frequência no inglês. Por exemplo, nas palavras *meet, fleet, speed, seen, been, agree,* etc. Na cifra de Kidd, embora seja um criptograma bem curto, vemo-lo dobrado não menos de cinco vezes."

"Consideremos, pois, que o 8 seja o *e*. Ora, de todas as palavras da língua inglesa, *the* é a mais comum. Portanto, vejamos se há repetições de três sinais na mesma ordem de colocação, sendo 8 o último da sequência. Se descobrirmos uma expressiva recorrência de tais sinais, arranjados de tal forma, provavelmente representarão a palavra *the*. Por meio de uma breve análise, localizamos mais de sete arranjos como esse, sendo *;48* os sinais. Podemos, com isso, assumir que *;*

seja *t*, *4* seja *h* e *8* seja *e*, estando este último já bem confirmado. Graças a essa descoberta, um grande passo foi dado."

"Assim, tendo determinado uma única palavra, somos capazes de definir um fator de extrema importância: os vários começos e fins de outras palavras. Vejamos, por exemplo, o penúltimo caso em que a sequência *;48* ocorre, quase no fim da cifra. Sabemos que o *;* seguinte é a primeira letra de outra palavra e, dos seis caracteres posteriores a esse *the*, conhecemos cinco. À vista disso, convertamos esses sinais em letras que já sabemos que representam, deixando um espaço para a que não conhecemos:

;(88;4 representaria t eeth.

Aqui, podemos descartar a hipótese de que o *th* final faça parte dessa palavra que começa com a letra *t*; pois, por experimentação de todas as letras do alfabeto no lugar do *(*, o único símbolo que falta, percebemos que não se pode formar qualquer palavra de que esse *th* final faça parte. A partir disso, fomos levados a separá-lo, ficando apenas com:

t ee.

Testando novamente todo o alfabeto nessa lacuna, chegamos à palavra *tree* (árvore) como a única escolha possível.

Dessa forma, com as palavras *the tree* (a árvore) justapostas, ganhamos mais uma letra: o *r*, codificado como (.

Um pouco adiante dessas palavras, vemos outra ocorrência da combinação de ;48 e a utilizamos como delimitação do início da seguinte. À vista disso, temos a sequência:

the tree ;4(‡?34 the.

Ou, substituindo pelas letras já conhecidas, lê-se assim:

the tree thr;4(‡?3h the.

Agora, se deixarmos lacunas no lugar dos sinais desconhecidos, ou melhor, traços, vemos:

the tree thr---h the.

Quando representamos dessa forma, de imediato reconhecemos a palavra *through* (através *ou* até). Tal descoberta, por consequência, nos fornece três novas letras: *o, u* e *g*, representadas por ‡, *?* e *3*.

Agora, se rastrearmos a cifra à procura de combinações com sinais conhecidos, encontramos esta sequência não muito longe do início:

83(88, ou seja, egree.

Nesse arranjo, podemos facilmente identificar a palavra *degree* (grau) e descobrimos uma nova letra: o *d*, representado pelo †.

Quatro letras adiante da palavra *degree*, deparamo-nos com o arranjo:

;46(;88.

Traduzindo os caracteres já descobertos e representando os desconhecidos por traços, como fizemos antes, deciframos o seguinte:

th-rtee.

Essa ordem logo nos remete à palavra *thirteen* (treze) e novamente desvendamos duas letras: *i* e *n*, decifradas como *6* e ***.

Retornando ao começo do criptograma, encontramos a combinação:

53‡‡†.

Traduzindo-a pelo mesmo método, encontramos *good* (bom), que nos indica a primeira letra do criptograma: *a*. Dessa forma, sabemos que a frase se inicia com *a good* (um bom).

Enfim, chegou o momento de elaborar nossa chave e organizar tudo o que descobrimos numa tabela, para que evitemos confusões. Ela ficará assim:

5	*representa*	*a*
†	*representa*	*d*
8	*representa*	*e*
3	*representa*	*g*
4	*representa*	*h*
6	*representa*	*i*
*	*representa*	*n*
‡	*representa*	*o*
(	*representa*	*r*
;	*representa*	*t*
?	*representa*	*u*

Temos, portanto, onze das mais importantes letras aqui representadas, e basta, não preciso fornecer-lhe mais detalhes da solução. Disse o suficiente para convencê-lo de que cifras dessa natureza podem ser facilmente resolvidas. E imagino que também pude lhe apresentar uma breve noção da análise racional aplicada. Só não se esqueça de que este caso pertence à mais simples categoria de criptogramas. Por fim, só resta apresentar-lhe a tradução completa dos símbolos após decifrados. Aqui está:

'*A good glass in the bishop's hostel in the devil's seat forty-one degrees and thirteen minutes northeast and by north main branch seventh limb east side shoot from the left eye of the death's-head a bee line from the tree through the shot fifty feet out.*⁴'"

— Mas — disse eu — o enigma parece tão desconexo quanto antes! Como é possível extrair algum significado de toda essa confusão de "cadeira do diabo", "crânio" e "hospedaria do bispo"?

— Concordo que o conteúdo realmente possa aparentar um sério problema quando encarado de modo superficial — respondeu Legrand. — Minha primeira tentativa foi dividir a sentença em períodos mais naturais, que tenham sido planejados pelo criptógrafo.

— Você se refere à pontuação?

— Mais ou menos isso.

— Mas como pôde fazê-la?

— Ora, notei que o autor propositalmente amontoara as palavras, sem qualquer tipo de divisão, com o objetivo de

---

4 "Um bom vidro na hospedaria do bispo na cadeira do diabo quarenta e um graus e treze minutos nordeste quadrante norte tronco principal sétimo galho a leste atirar do olho esquerdo do crânio uma linha de abelha da árvore até a marca cinquenta pés distante." (N. da T.)

aumentar o nível de dificuldade do enigma. Agora veja... ao objetivar tal resultado, um homem pouco perspicaz quase certamente iria abusar dos mesmos métodos. No decorrer de sua redação, quando se deparasse com uma pausa ou um ponto... que são naturalmente necessários... ele amontoaria ainda mais os caracteres, com a intenção de dificultar a cifra. Por exemplo... neste manuscrito aqui, o senhor pode observar como é fácil identificar cinco casos de junções incomuns, que se destacam do resto. Em seguida, partindo dessa pista, demarquei as seguintes divisões:

"A good glass in the Bishop's hostel in the Devil's seat — forty-one degrees and thirteen minutes — northeast and by north — main branch seventh limb east side — shoot from the left eye of the death's-head — a bee-line from the tree through the shot fifty feet out." [5]

— Mesmo com essa divisão, ainda não vejo nenhuma saída — confessei.

— Eu também não via. Parecia não haver luz no fim do túnel — respondeu Legrand. — Por alguns dias, empreendi

---

5 "Um bom vidro na hospedaria do bispo na cadeira do diabo – quarenta e um graus e treze minutos – nordeste quadrante norte – tronco principal sétimo galho a leste – atirar do olho esquerdo do crânio – uma linha de abelha da árvore até a marca cinquenta pés distante." (N. da T.)

uma diligente pesquisa pelas vizinhanças da Ilha Sullivan, à procura de algum edifício cujo nome fosse "hotel do bispo"; pois, naturalmente, descartei o obsoleto termo "hospedaria".

"Sem obter nenhuma informação a respeito, estava prestes a expandir meu campo de busca e proceder de modo mais sistematizado, quando, certa manhã, fui arrebatado por uma epifania de que a "hospedaria do bispo" talvez se referisse à antiga família Bessop, cuja mansão centenária se encontra a cerca de seis quilômetros ao norte da ilha. Diante disso, fui até a propriedade rural da família e retomei minhas pesquisas com os negros mais velhos do lugar. Por fim, uma das mulheres mais idosas relatou-me ter ouvido falar de um "castelo de Bessop". No entanto, embora a senhora tenha me guiado ao possível lugar, não se tratava de um castelo, tampouco de uma taverna, mas de um alto rochedo."

"Ofereci-lhe pagar bem pelo trabalho e, depois de uma certa resistência, aceitou acompanhar-me até o verdadeiro local. Encontrando-o sem grande sacrifício, dispensei a mulher e segui sozinho, para que pudesse examinar o lugar com bastante calma. O "castelo" nada mais era que um agrupamento de penhascos e rochedos — sendo um destes bastante evidente, tanto pela altura quanto pela aparência isolada e artificial. Escalei até seu cume e fiquei sem saber que rumo tomar em seguida."

"Enquanto me afogava em meus próprios pensamentos, fui atraído por uma estreita saliência na face ocidental daquele rochedo, talvez um metro abaixo do pico em que eu estava. A saliência projetava-se uns 50 centímetros e tinha menos de 30 centímetros de largura, e um nicho logo acima dava a rústica impressão de que fosse uma daquelas cadeiras de encosto côncavo usadas por nossos ancestrais. Não hesitei em concluir que ali estava a "cadeira do diabo", citada por Kidd no manuscrito. Naquele momento, tive a sensação de ter desvendado todo o segredo do enigma."

"Deduzi também que o "bom vidro" só podia se referir a uma luneta, visto que a palavra *glass* (vidro) é raramente empregada pelos marujos com outro sentido. Logo, constatei que uma luneta deveria ser apontada a um local específico, sem nenhuma variação. E foi óbvio constatar que deveria nivelar minha busca com base nas coordenadas "41 graus e 13 minutos" e "nordeste quadrante norte". Intensamente empolgado com tais descobertas, apressei-me de volta à casa, apanhei uma luneta e regressei ao rochedo."

"Ao me aproximar da saliência, percebi que seria impossível me sentar nela, a não ser numa posição bastante específica. E esse fato apenas confirmou minha suposição inicial. Sem demora, pus-me a utilizar a luneta. Com certeza, os "41 graus e 13 minutos" só podiam se referir a uma elevação acima do campo de visão, já que a direção horizontal estava claramente indicada pelas palavras "nordeste quadrante norte". Encontrei essa última coordenada com a ajuda de uma bússola de bolso e, seguindo minha intuição, apontei a luneta ao ângulo mais próximo de 41 graus de elevação. Movi-a meticulosamente, para cima e para baixo, até que minha atenção foi detida por uma fenda circular na folhagem de uma gigantesca árvore, que se destacava em meio às outras. Foi então que, bem no centro dessa abertura, notei um sinal branco. Mas, a princípio, não pude distinguir exatamente de que se tratava. Ajustando o foco da luneta, olhei uma outra vez e finalmente reconheci o crânio humano."

"Diante dessa descoberta, fiquei muito entusiasmado a ponto de considerar o enigma resolvido; porque a frase "tronco principal sétimo galho a leste" possivelmente relatava a posição do crânio na árvore, e "atirar do olho esquerdo do crânio" só admitia uma interpretação quanto à busca do tesouro enterrado. Percebi que o plano era lançar uma bala através do olho esquerdo do crânio, e que uma "linha de abelha" — isto é, uma linha reta — esticada do ponto mais próximo ao tronco, passando pelo "tiro", ou o lugar em que a bala caísse, até uma distância de 15 metros, indicaria um local específico — embaixo do qual considerei possível estar escondido algo de grande valor."

— Apesar de engenhoso, tudo isso é extremamente óbvio, bastante simples e explícito — comentei. — Mas quais foram os próximos passos depois do "hotel do bispo"?

— Bom, tendo cuidadosamente memorizado a localização da árvore, regressei para a cabana. Porém, um fato interessante é que, após sair da "cadeira do diabo", a abertura circular desapareceu e não pude sequer vislumbrá-la de nenhum outro lugar. Para mim, a melhor estratégia de toda essa saga é que a fenda circular em questão não pode ser vista de mais nenhum lugar — e diversas experimentações me convenceram de que, realmente, ela só é visível graças à estreita saliência na beira do rochedo.

"Ao longo das semanas anteriores, Júpiter observara meu comportamento absorto e, tomando um cuidado especial para que eu não ficasse sozinho, acompanhou-me nessa expedição ao 'hotel do bispo'. Entretanto, acordei bem cedo no dia seguinte, para que conseguisse escapulir e seguir sozinho para as colinas, em busca da árvore. Depois de muito procurar, finalmente a encontrei e, chegando em casa, meu criado pretendia me dar uma surra. Enfim... o resto da aventura, creio que o senhor saiba tanto quanto eu."

— Suponho que apenas errou o lugar na primeira tentativa por conta da estupidez de Júpiter, que soltou o escaravelho pelo olho direito do crânio, em vez do esquerdo — concluí.

— Justamente. Esse erro fez uma diferença de quase 6 centímetros no "tiro" — ou seja, na posição da estaca. Pense comigo, se o baú estivesse bem abaixo da marca dela, o engano seria ínfimo; no entanto, a estaca e o ponto mais perto do tronco, já eram duas variáveis para se traçar uma linha. Portanto, embora fosse uma diferença insignificante no começo, ela crescia à medida que nos distanciávamos e, afastando-nos quinze metros, o equívoco nos jogou para longe da fortuna. Não fosse meu solidificado palpite de que o tesouro realmente estava enterrado ali, em algum lugar, todo o nosso trabalho poderia ter sido em vão.

— Mas sua grandiloquência, seu modo de balançar o escaravelho... estava tão esquisito! Tive certeza de que o senhor enlouquecera. E por que razão insistiu em atirar o escaravelho pelo crânio? Por que não uma bala?

— Ora, para ser franco, fiquei incomodado com suas evidentes suspeitas acerca de minha sanidade e resolvi silenciosamente puni-lo à minha maneira, com um pouco de sensata fantasia. Por esse motivo balancei o escaravelho. Por isso também fiz questão que fosse ele o objeto a ser lançado. Inclusive, sua observação a respeito do grande peso do inseto me sugeriu essa ideia.

— Sim, compreendo. Só há uma última questão que me intriga. Que significam os esqueletos encontrados no buraco?

— Bem... nesse caso, sei tão pouco quanto o senhor. Parece haver uma única explicação plausível para o caso e, ainda assim, é terrível acreditar na atrocidade sugerida pela minha hipótese. Está claro que Kidd — se foi mesmo Kidd quem escondeu o tesouro, como eu suspeito —, está claro que ele deve ter recebido ajuda para findar o trabalho. Porém, após concluir a operação, pode ter considerado conveniente remover todos os que compartilhavam de seu segredo. Talvez um par de golpes com uma picareta fosse suficiente, enquanto os outros subalternos se ocupavam com o buraco. Ou talvez necessitasse de uma dúzia — quem sabe?

ILUSTRAÇÃO: ARTHUR RACKHAM (1935)

O RETRATO OVAL

O castelo que meu criado se atrevera a arrombar para que eu não passasse a noite gravemente ferido ao relento era uma dessas construções em que a melancolia e a imponência se completam. Tão sinistra quanto os casarões centenários que assombram os alpes italianos e atormentam a mente de poetas solitários, a propriedade parecia recentemente abandonada, mas a organização e a limpeza dos aposentos indicavam que seus moradores pretendiam retornar. Preferimos nos acomodar na torre de defesa mais remota do castelo, num dos menores dormitórios. A decoração era modesta em comparação ao restante dos cômodos, mas os móveis antigos e desgastados ainda emanavam riqueza. Nas paredes recobertas por tapeçaria, diversas medalhas de batalha e artefatos antigos se misturavam a inúmeras pinturas modernas, cujas molduras douradas ressaltavam suas vívidas pinceladas. Nessas pinturas, presentes em telas penduradas nas paredes e em nichos típicos daquela bizarra arquitetura do castelo... Nessas pinturas, talvez, meu delírio incipiente levou-me a desenvolver profundo interesse, deixando-me fascinado. Como já anoitecera, ordenei a Pedro que fechasse as pesadas venezianas, abrisse o dossel de veludo negro que envolvia a cama e acendesse as velas do imponente candelabro de cabeceira. Dessa forma, se porventura não conseguisse adormecer, ao menos poderia contemplar as pinturas e, alternadamente ler o pequeno livro que encontrara sobre o travesseiro, cujas páginas descreviam e criticavam cada uma das obras.

Entretido com os magníficos detalhes, as horas se passaram sem que eu as notasse, e a escuridão da meia-noite se instaurou repentinamente. Como a posição do candelabro começara a dificultar a leitura, decidi ajustá-lo sozinho para não incomodar o mordomo adormecido. Com certa dificuldade, estendi o braço e puxei sua base para que a luz incidisse melhor sobre as páginas.

Esse simples gesto, porém, produziu um efeito completamente inesperado. Os raios das numerosas velas passaram a iluminar um canto do quarto que até então estivera ofuscado pela sombra de uma das colunas do dossel. Nesse momento, notei, sob o foco de luz, um quadro que me passara despercebido. Era o retrato de uma garota na flor da juventude, prestes a se tornar uma bela mulher. Vislumbrei-o de relance e fechei os olhos logo em seguida. Não compreendi de imediato o motivo daquele ímpeto que me acometera; entretanto, ainda com as pálpebras cerradas, busquei na escuridão da mente alguma razão pela qual agira daquela forma. Na verdade, logo entendi que aquele movimento impulsivo fora uma reação instintiva a fim de garantir que minha visão não havia me pregado uma peça. Desse modo, pude ganhar tempo para refletir e dominar a fantasia com um olhar mais calmo e sensato. Depois de alguns segundos, abri os olhos, fitei a pintura e cravei toda a minha atenção na garota.

Dessa vez, não restavam dúvidas: aquilo não era uma fantasia da minha imaginação. O primeiro lampejo das velas sobre aquela obra dissipou de uma vez todo o estupor que começara a confundir meus sentidos, despertando-me para a realidade.

Como disse, tratava-se do retrato de uma jovem. A pintura revelava apenas o busto da dama, utilizando uma técnica denominada *vignette*, geralmente aplicada por Thomas Sully em seus retratos. Os braços, o colo e até as pontas do cabelo fundiam-se à sombra vazia e profunda que constituía o plano de fundo. A moldura, oval e dourada, exibia preciosos ornamentos à moda mourisca. Como obra de arte, a técnica e os detalhes eram impecáveis; no entanto, não podia ser apenas a qualidade do trabalho ou a beleza divina daquela jovem o motivo da abrupta e intensa comoção que me dominara. Devia ser apenas fruto da minha imaginação atônita, que, desperta de um momento de letargia, me induzira a confundir o busto com uma pessoa real, de carne e osso. Por fim, concluí que o reconhecimento da técnica *vignette* e da moldura mourisca deveria ter expulsado aquela ideia absurda dos meus pensamentos — na verdade, essas evidências deveriam bastar para evitar qualquer tipo de fantasia.

Para ser sincero, acredito que passei pelo menos uma hora debruçado na cama, o corpo inclinado para a frente e os olhos fixados no retrato, enquanto refletia sobre todas essas questões. Quando finalmente compreendi o segredo escondido por trás do efeito em mim causado, recostei-me na cabeceira. Descobri que o motivo da ilusão gerada pela pintura era a veracidade contida na expressão da jovem. À primeira vista, essa aparência havia apenas me confundido, mas logo passou a dominar meus sentidos e a aterrorizar-me os pensamentos. Ainda fascinado e um pouco espantado, empurrei o candelabro para sua posição original e, assim que a causa de minha obsessão se desfez no breu, passei a devorar o livro que tratava das pinturas e suas histórias. Após folhear algumas páginas, finalmente encontrei o trecho que apresentava aquele retrato oval, cuja descrição curiosa e obscura transcrevo a seguir:

"Era uma donzela graciosa, de beleza rara e energia contagiante. Maldito foi o momento em que conheceu, apaixonou-se e decidiu casar-se com o pintor. Ele, um homem passional, estudioso, severo e comprometido com sua amada: a Arte. Ela, uma dama de beleza incomparável, graciosa e radiante, divertida e entusiasmada como um filhote de cervo. Nutria rancor por apenas uma inimiga: a Arte. Toda a alegria da jovem transformava-se em ódio pelas tintas, pincéis e parafernálias que a privavam da companhia do amado. Por esse motivo, o horror tomou conta da garota quando descobriu que o pintor desejava retratá-la; mas, como era humilde e obediente ao marido, cedeu ao desejo dele. Passou semanas posando para que o amado a pintasse, sempre muito tímida, na penumbra do aposento mais alto da torre, iluminado por apenas um feixe de luz que entrava pelo teto e incidia sobre a tela. O pintor, porém, satisfazia-se com o ofício e passava horas a fio naquele quarto, registrando sua modelo por semanas. Estava muito obcecado, descontrolado e instável, a ponto de se perder nos próprios devaneios e não perceber que a escuridão daquele aposento isolado consumia a saúde e a energia da esposa, que definhava visivelmente para todos, exceto para ele. Ainda assim, a jovem seguia sorrindo sem se queixar, pois compreendia o prazer ardente do pintor de renome pelo ofício, que trabalhava noite e dia para retratar aquela que tanto o amava — mas que se tornava cada dia mais fraca e abatida. Aqueles que à época puderam ver o retrato sussurravam surpresos com a semelhança entre modelo e obra, maravilhados não apenas pela técnica do pintor, mas pelo profundo amor do artista pela mulher, cujos detalhes estavam sendo registrados de maneira esplendorosa. Contudo, conforme o tempo passava e o grande feito se aproximava do fim, o homem passou a proibir que qualquer pessoa se aproximasse da torre. Enlouquecido pela complexidade da obra, não desgrudava os olhos do quadro e nem sequer notava a esposa. Desprezava o fato de que as cores minuciosamente espalhadas pela tela eram arrancadas da face daquela que permanecia ali, imóvel. Após algumas semanas, quando restavam apenas poucos detalhes, talvez um ajuste acima da boca e um retoque nas pálpebras, o espírito da jovem reacendeu-se como a chama de uma vela a crepitar brevemente. E, então, a última pincelada tocou o tecido e a tinta finalizou a pintura. Por um momento, o pintor paralisou-se, extasiado e completamente absorvido pela obra concluída. Porém, no instante seguinte, ainda a admirar o retrato, estremeceu atordoado, perplexo diante do resultado de seu trabalho, e exclamou com um grito: 'Isto é o espelho da própria *Vida*!' E, então, quando finalmente notou a amada... estava morta."

ILUSTRAÇÃO HARRY CLARKE (1919)

WILLIAM WILSON

> *"Que dirá ela? Que dirá minha consciência nefasta, aquele fantasma em meu caminho?"*
>
> **Pharronida, de Chamerlayne**

No momento, prefiro me apresentar como William Wilson. Esta página cândida que diante de mim repousa não merece ser maculada com meu verdadeiro nome. Bastam as vezes que essas palavras foram motivo de desprezo, de pavor, de abominação para a raça humana. Não teriam os ventos indignados espalhado sua incomparável infâmia pelas regiões mais remotas do globo?

Oh, o mais desprezado entre todos os escorraçados! Para o mundo, não estás morto na eternidade? Para suas honras, suas flores, suas douradas aspirações? E não está para sempre suspensa, entre tua esperança e o paraíso, uma nuvem espessa, sombria e infinita?

Ainda que pudesse, não verbalizaria, aqui ou agora, nenhum relato desses últimos anos de miséria inefável e crime imperdoável. Essa fase atingiu súbita ascensão de indecência, cujo cerne da origem é minha presente intenção relatar. Pouco a pouco, os homens naturalmente se corrompem; mas de mim, num único instante, a virtude se desprendeu como um manto que dos ombros escorre. A passos de gigante, passei duma perversidade relativamente banal a exageros maiores que os de Heliogábalo.[6] Que infortúnio, que único acontecimento me entregou a essa eterna maldição? Isso vos relato nestas páginas nefastas.

A morte se aproxima, e as sombras que a antecedem lançaram sobre meu espírito seu poder tranquilizante. Ao passar pelo vale sombrio, anseio pela simpatia — quase disse "pela compaixão" — de meus companheiros. Se porventura os levasse a crer que, de certa forma, fui escravo das circunstâncias externas ao controle humano, de júbilo

---

6   Imperador romano popularmente conhecido por suas rebeldias e práticas sexuais indecorosas. (N.T.)

deleitar-me-ia. Almejaria que para mim procurassem, motivados pelos pormenores que estou prestes a revelar, algum pequeno oásis de fatalidade em meio ao vasto deserto dos erros. Faria com que admitissem — e não poderiam deixar de admitir — que, embora monstruosas tentações já tenham outrora se manifestado, nenhum outro homem fora tentado dessa forma — tampouco assim caíra. E seria essa a explicação para que ninguém jamais tenha assim sofrido? Não estaria eu, na verdade, vivendo num sonho? E se um sonho fosse, estaria agora morrendo vitimado pelo horror e pelo mistério da mais perversa entre todas as visões mundanas?

Descendo de uma linhagem cujo temperamento inventivo e facilmente irritável se destaca de qualquer outra; e, desde a mais tenra idade, apresento sinais de ter herdado todos os traços desse caráter ancestral. Conforme os anos passavam, mais eles se despertavam em mim. Por diversas razões, tornavam-se motivo de tormento para meus amigos e de danos reais para minha vida. Intransigente em minhas convicções, estava cada vez mais viciado nos mais absurdos caprichos, entregue às mais indomáveis paixões. De mentes fracas e também acometidos por enfermidades inatas e semelhantes às minhas, meus pais pouco podiam fazer para deter as propensões maliciosas que do resto mundo me distinguiam. Alguns esforços frágeis e desorientados resultaram em completo fracasso da parte deles — e total triunfo da minha. Daí por diante, minha voz era lei dentro de casa. Numa idade em que poucas crianças nem sequer saíram das fraldas, fui largado às minhas próprias escolhas. Assim, tornei-me senhor dos meus próprios atos em todas as situações, exceto nos âmbitos legais.

Minhas mais remotas lembranças da vida escolar se associam a uma imponente e luxuosa casa de estilo elisabetano, localizada numa nebulosa vila inglesa, onde grandiosas árvores retorcidas se espalhavam por entre as diversas casas centenárias. Na verdade, aquela respeitosa cidade era um paraíso, e qualquer espírito nela se tranquilizava. Ainda sou capaz de imaginar, de sentir o sopro refrescante de suas sombrias alamedas, de apreciar o aroma das centenas de arbustos. Ainda estremeço ao relembrar o indescritível prazer que o badalar do sino da igreja me trazia, a cada hora do dia, com seu repentino e melancólico estrondo, propagando-se pela obscura atmosfera em que o antigo campanário gótico adormecia sereno.

Acredito que reviver essas banais recordações dos meus tempos de ginásio de algum modo despertam o mais intenso prazer que hoje sou capaz de experienciar. Imerso na desgraça como estou — ai de mim, tão miserável realidade —, mereço ser perdoado por buscar alívio na miudeza de escassos e volúveis detalhes, por mais breves e temporários que sejam. Esses pormenores de minhas lembranças, embora triviais, até mesmo banais, assumem uma importância adventícia, pois estão vinculados a um lugar e a uma época em que reconheço as primeiras advertências confusas do destino que, com tamanha violência, viriam a me assombrar.

Deixe-me, pois, relembrar.

A casa à qual me referi era antiga e irregular. Seu vasto terreno era cercado por um alto e sólido muro, rematado de cabo a rabo por uma grossa camada de argamassa e cacos de vidro. Aquela muralha prisional delimitava nossa propriedade, e só víamos o outro lado três vezes por semana — uma vez no sábado à tarde, quando, escoltados por dois acompanhantes, tínhamos permissão de realizar curtos passeios pelos campos da vizinhança; e duas vezes no domingo, quando íamos, quase como numa procissão, aos eventos matutinos e vespertinos da única igreja da vila. O pastor dessa igreja era também o diretor de nossa escola. Um intenso sentimento de maravilha e perplexidade eu costumava nutrir por aquele homem, contemplando-o do nosso banco no fundo da igreja, enquanto ele, a passos solenes e vagarosos, aproximava-se do púlpito. Como poderia esse reverendo, com feições tão modestas e benevolentes, com túnicas clericais tão lustrosas e delicadas, com a cabeleira minuciosamente ajustada, tão rígida e tão vasta... como poderia ser a mesma pessoa que há pouco, com semblante amargo e indumentárias manchadas de rapé, portando uma palmatória, executava as leis draconianas da instituição? Oh, tremendo paradoxo! Aberração deveras monstruosa para se compreender!

No fim da nossa muralha maciça, erguia-se um portão ainda mais robusto, protegido por ferrolhos e espetos afiados de ferro fundido. Que sensação pavorosa emanava! Nunca se abria, exceto para as três saídas e entradas periódicas já mencionadas. Em razão disso, a cada rangido de suas pesadas dobradiças, deparávamo-nos com a plenitude do mistério, com um mundo destinado a contemplações solenes e meditações ainda mais formais.

O vasto terreno cercado tinha um formato irregular e amplos recantos isolados, dos quais os três ou quatro maiores constituíam o pátio de recreio. O solo estava nivelado e coberto por um cascalho fino e duro. Lembro-me também de que ele não tinha nenhuma árvore, banco ou coisa similar e, naturalmente, localizava-se nos fundos da casa. Na parte da frente, havia um pequeno jardim com alguns buxos e arbustos; porém, por aquela região sagrada, passávamos apenas em raras ocasiões — como no primeiro e no último dia de aula, quando um parente ou um amigo nos buscava e quando partíamos felizes para as férias de verão ou de inverno.

E o casarão!? Que construção curiosa e antiquada era aquela! Para mim, um verdadeiro palácio encantado! Realmente não havia fim em seus corredores sinuosos, e cada um parecia desembocar em infinitas ramificações. Era sempre muito difícil saber, com precisão, em qual dos dois andares se estava.

Para deslocar-se de um cômodo a outro, era certo que encontraria ao menos três ou quatro degraus pelo caminho. As bifurcações laterais eram inúmeras — inconcebíveis —, tão cheias de vaivém que a noção mais exata que criamos sobre a disposição geral na mansão não diferia tanto da maneira pela qual concebíamos a eternidade. Durante os cinco anos de minha estadia ali, nunca fui capaz de identificar em qual remota região se localizava o pequeno dormitório destinado a mim e aos outros 18 ou 20 estudantes.

A sala de aula era o maior cômodo da casa — e, na minha ingênua percepção, aquele era o maior cômodo do mundo. Era muito comprida, estreita e deploravelmente baixa, com o teto forrado de carvalho e as janelas góticas de formato ogival. Num canto afastado e tenebroso, havia uma sala de 6 a 9 metros quadrados que, "nas horas vagas", compreendia o gabinete de estudos do nosso diretor, o reverendo dr. Bransby. Nessa sólida construção, havia uma porta maciça, que, se ousássemos abrir na ausência do clérigo, seria preferível a morte por *peine forte et dure*.⁷ Em outros cantos, havia mais dois ou três gabinetes semelhantes, que, embora muito menos respeitados, ainda nos causavam intenso horror. Um deles era a cátedra do instrutor de estudos clássicos, enquanto o outro pertencia ao instrutor de inglês e matemática. Intercalados ao longo da sala, cruzados e recruzados em infinitas irregularidades, havia inúmeros bancos e carteiras negras, envelhecidos e corroídos pelo tempo, abarrotados de pilhas de livros gastos e rabiscados com iniciais de nomes, sobrenomes, desenhos grotescos e tantos outros riscos que podem ser feitos com a ponta de uma faca, até que transformem totalmente todo vestígio original da superfície que um dia já fora íntegra. Enquanto uma das extremidades da sala era ocupada por um enorme balde de água, um relógio de estupendas dimensões ocupava a outra.

Ainda que sem grandes traumas ou momentos de tédio, passei todos os anos do terceiro lustro de minha vida rodeado pelas densas paredes daquele venerável colégio. O cérebro frenético de uma criança não necessita de muitos incentivos externos para se ocupar ou se divertir. E a monotonia da escola, que aos olhos de muitos soava deprimente, instigava-me mais que minha luxúria juvenil ou que toda a minha virilidade

---

7 Método de tortura e execução. Foi legalmente utilizado no Reino Unido e abolido em 1772. (N. da T.)

nos crimes. Todavia, creio que meu primeiro desenvolvimento mental tenha sido deveras incomum — até mesmo bizarro. Para grande parte das pessoas, os acontecimentos da primeira infância raramente causam algum impacto na vida adulta. São apenas sombras cinzentas e lembranças frágeis e desconexas, um vago aglomerado de prazeres efêmeros e de dores fantasmagóricas. Para mim, porém, o inverso ocorreu. Na infância, devo ter sentido, com a energia de um homem adulto, tudo que agora encontro estampado na memória, em traços tão vívidos, tão intensos e tão eternos quanto as inscrições das medalhas cartaginesas.

No entanto, pouco havia para recordar de minha infância — isto é, pouco todos acreditavam haver. O despertar pela manhã, as ordens para se deitar à noite, as enrolações e declamações, os periódicos pseudoferiados e os passeios, o pátio de recreio com seus burburinhos, os passatempos e intrigas — tudo isso criado por um feitiço mental há muito esquecido, cujo intuito é despertar uma imensidade de sensações, um mundo repleto de incidentes, um vasto universo de emoções, de excitação dos mais empolgantes e passionais sentimentos. "*Oh, le bon temps, que ce siècle de fer!*"[8]

---

8 Trecho da obra *Le Mondaine* (1736), de Voltaire: "Ah! Os bons tempos deste século de ferro!" (N. da T.)

Na verdade, todo o fervor, o entusiasmo e a imperiosidade de minha natureza logo me tornaram figura marcada entre os colegas e, pouco a pouco, de maneira muito gradual, a mim foi concedido um certo poder sobre todos que não fossem muito mais velhos do que eu — com uma única exceção. Essa exceção encontrava-se na pessoa de um aluno que, embora não fosse meu parente, compartilhava comigo o mesmo nome e sobrenome de batismo. Coincidência essa, entretanto, pouco digna de destaque; pois, ainda que seja de uma nobre linhagem, é um desses nomes comuns que estão todo dia na boca do povo e que, desde tempos remotos, parecem pertencer por direito à multidão. Por esse motivo, designei-me como William Wilson nesta narrativa — um pseudônimo fictício que não difere tanto de meu verdadeiro nome. Meu xará era o único de "nossa turma" — para usar a fraseologia escolar — que se atrevia a competir comigo nos estudos, nos esportes e nos jogos do recreio; que contrariava as crenças implícitas nos meus posicionamentos e que se recusava a realizar minhas vontades. A verdade é que o garoto interferia em todas as minhas ordens arbitrárias, independentemente do assunto em questão. Se há na terra um despotismo de fato sagaz e absoluto, é o despotismo de uma mente genial na adolescência, que reina sobre a natureza menos arrojada de seus companheiros.

HISTÓRIAS EXTRAORDINÁRIAS

Para mim, a revolta de Wilson era motivo de grande embaraço; e tanto era que, apesar da pose de bravura com a qual, em público, eu o tratava e refutava suas pretensões, eu secretamente temia o rapaz. Não conseguia parar de pensar em como fazia questão de facilmente se igualar a mim como prova de sua superioridade. Por esses motivos, o desejo de não ser por ele superado passou a me custar uma eterna luta. Todavia, essa superioridade e até mesmo a igualdade passavam despercebidas por todos, exceto por mim. E nossos colegas, tomados por alguma cegueira inexplicável, nem sequer suspeitavam disso. A verdade é que sua competição, sua resistência e, especialmente, sua obstinada interferência nos meus propósitos eram mais camufladas que evidentes. Ele também parecia destituído da ambição que me estimulava, além da passional energia de espírito que me capacitava a superá-lo. Pode até ser que, em sua rivalidade, ele agia exclusivamente por um estranho desejo de me atacar, me surpreender ou me mortificar; entretanto, havia momentos nos quais eu não podia deixar de notar uma sensação de fascínio misturado à humilhação e ao despeito de suas injúrias, insultos e contradições — como se houvesse uma certa afetividade, certamente imprópria e desagradável, em seus modos. A única explicação para esse comportamento singular era supor que proviesse de uma arrogância prepotente travestida de aspectos ordinários de servidão e de proteção.

Talvez fosse esse traço na conduta de Wilson, associado à identidade dos nossos nomes e ao mero acaso de termos entrado na escola no mesmo dia, que incitou o rumor de que éramos irmãos e o fez circular entre os veteranos do colégio — que pouco se importavam com a precisão das informações sobre os novatos. Já mencionei antes, ou deveria ter mencionado, que Wilson não tinha nenhuma relação de parentesco com a minha família, nem no mais remoto grau. Mas, seguramente, se tivéssemos sido irmãos, teríamos sido gêmeos; isso porque, depois de ter saído da instituição do Dr. Bransby, casualmente descobri que meu xará nascera no dia 19 de janeiro de 1813 — coincidência deveras notável, visto ser precisamente o dia do meu próprio nascimento.

Pode parecer estranho que, a despeito da contínua ansiedade que me era causada pela rivalidade de Wilson, além de sua intolerável essência provocativa, não conseguisse ser levado a odiá-lo totalmente. Para ser sincero, quase todos os dias tínhamos uma briga em que Wilson, concedendo-me publicamente a palma da vitória, de algum modo induzia-me a crer que era ele o verdadeiro vencedor. Contudo, por um senso de orgulho de minha parte, e de genuína dignidade da dele, mantínhamos sempre uma relação que denominávamos como "trato cortês"; posto que diversos aspectos compatíveis em nosso temperamento despertassem um certo sentimento que, possivelmente, apenas nossa atitude impedia que se transformasse em amizade. Na verdade, é difícil definir, ou até mesmo descrever, o que eu realmente sentia por ele. Meus sentimentos constituíam um misto confuso e heterogêneo de sensações — uma certa animosidade petulante — o sentimento que precede o ódio —, combinada a alguma estima, bastante respeito, muito temor e um mundo de incômoda curiosidade. Para os moralistas, será inútil dizer que, apesar de tudo, eu e Wilson éramos os mais inseparáveis companheiros. Decerto fora o estado anômalo de nossas relações o responsável por converter todos os meus ataques contra ele — que eram vários, explícitos ou encobertos — em momentos de gozação e brincadeira, deixando de lado as hostilidades mais sérias e agressivas. Ainda nos feríamos, mas num clima de mera brincadeira.

Entretanto, nem sempre meus esforços para manter a compostura davam certo, mesmo quando planejava minhas ações com a melhor das intenções. Isso porque meu xará tinha muito em seu caráter daquela austeridade despretensiosa e discreta que, embora goze da acidez de suas próprias piadas, não tem calcanhar de Aquiles e veemente se recusa a ser zombada. Em razão disso, descobri apenas um ponto vulnerável em Wilson, uma peculiaridade pessoal, talvez uma enfermidade de nascença, que teria sido poupada por qualquer antagonista cujas alternativas fossem mais numerosas que as minhas. Meu rival possuía uma fraqueza nos músculos faciais ou guturais que, em qualquer ocasião, o impedia de levantar a voz acima de um sussurro bem baixo. Desse defeito, não deixei de tirar todas as pobres vantagens que tinha em mãos.

Suas retaliações vieram de muitas formas; mas apenas uma única prática de seu método malicioso extrapolava todos os meus limites. Como sua sagacidade descobrira que coisa tão insignificante me causava tanto embaraço, jamais pude compreender; porém, tendo-a descoberto, constantemente zombava de mim para me atormentar. Sempre tive aversão do meu sobrenome paterno, tão vulgar e comum e, como se não bastasse, também odiava meu prenome popular. Tais palavras ecoavam como gritos em meus ouvidos. Então, quando um segundo William Wilson apareceu no meu primeiro dia escolar, certamente me indignei com o nome e senti muita raiva daquele estranho que o carregava, daquele garoto que seria culpado pela dupla repetição dessas palavras, que estaria na minha constante presença e cujos interesses, na rotina dos assuntos escolares, seriam inevitavelmente confundidos com os meus — tudo graças a uma detestável coincidência.

O sentimento de humilhação assim concebido se intensificava a cada circunstância que mostrasse qualquer semelhança, física ou moral, entre mim e meu adversário. Naquele tempo, ainda não descobrira o fato de sermos da mesma idade, mas notava que éramos do mesmo tamanho. Percebi, inclusive, que realmente compartilhávamos consideráveis semelhanças no porte físico e nos traços faciais. Irritavam-me também os rumores que circulavam entre os alunos mais velhos, sobre nosso suposto parentesco. Resumindo, nada poderia me causar tão intenso incômodo quanto qualquer alusão a alguma possível similaridade de espírito, de personalidade ou de condição existente entre nós dois — embora escrupulosamente eu escondesse tal desconforto. Para ser sincero, não tinha eu motivos para acreditar que tal similaridade já fora, alguma vez, assunto de conversas — com exceção dos burburinhos sobre nosso parentesco e do próprio Wilson —, tampouco sabia se fora notada por algum de nossos colegas. Já o garoto deixava evidente que a observava de todos os ângulos, tão atento quanto eu — mas descobrir, nessas circunstâncias, um tópico tão fértil para me importunar, como disse antes, havia sido um feito que só poderia ser atribuído a uma dedicação fora do comum.

Toda a sua encenação era uma perfeita réplica de mim mesmo, tanto no uso das palavras quanto nos gestos; e, esse papel, desempenhava com maestria. Minhas roupas eram fáceis de copiar. Meu modo de andar e meus trejeitos foram, sem dificuldades, assimilados. Até minha voz, apesar do defeito de nascença, não lhe escapava. Como se pode presumir, não alcançava meus tons mais elevados, mas o timbre era definitivamente idêntico — e seu sussurro, tão característico, passou a ser o verdadeiro eco do meu.

Ainda não me atrevo a descrever o quanto esse requintado retrato — seria injusto chamá-lo de caricatura — me perturbou. E tinha apenas um consolo: o fato de que, ao que tudo indicava, a imitação só era por mim notada. Portanto, fui obrigado a suportar sozinho os astutos e estranhamente sarcásticos sorrisos do meu próprio xará. Assim, satisfeito por ter suscitado em meu âmago o efeito esperado, Wilson parecia rir em segredo do tormento que me infligia e demonstrava um típico desprezo pelos aplausos públicos, facilmente obtidos pelo sucesso de seus maliciosos esforços. O fato de a escola não notar suas intenções, não perceber suas habilidades e seu sarcasmo foi um enigma que, durante meses de ansiedade, não pude resolver. Talvez a gradação de sua cópia não a tornasse facilmente perceptível; ou era mais provável que eu devesse minha segurança ao ar dominador do copista, que, desdenhando da letra — coisa que, numa pintura, é tudo que os obtusos veem —, entregava apenas o espírito de seu original à minha própria contemplação e decepção.

Já citei, mais de uma vez, a desagradável posição superprotetora que ele assumia comigo, bem como a frequente intromissão que importunava minhas próprias decisões. Era comum que essa interferência viesse na forma de conselhos indelicados — isto é, conselhos não abertamente dados, mas insinuados ou sugeridos. À vista disso, eu os recebia com uma repugnância que, cada vez mais, se fortalecia à medida que eu crescia. No entanto, diante daquela época tão longínqua, quero fazer-lhe uma simples justiça e reconhecer que não me recordo de qualquer ocasião em que as sugestões de meu rival fossem favoráveis àqueles erros ou loucuras tão comuns em nossa imatura e inexperiente idade; ao menos seu senso moral, se não sua destreza geral e sua sabedoria mundana, era muito mais aguçado que o meu. Hoje em dia, eu poderia ser um homem bem mais íntegro e feliz se não tivesse rejeitado tão numerosas vezes os conselhos incorporados naqueles significativos sussurros — que eu cordialmente odiava e amargamente desprezava.

Naquele contexto, com o passar do tempo, acabei me tornando extremamente revoltoso na presença de sua repugnante supervisão. A cada dia, odiava mais e mais abertamente aquilo que eu considerava ser sua insuportável arrogância. Já comentei que, nos primeiros anos de nossa relação como colegas de sala, meus sentimentos sobre ele poderiam ter facilmente evoluído para uma amizade; mas, nos últimos meses em que residi na escola, embora seus modos intrometidos tivessem, sem dúvidas, decrescido de certa forma, meu ódio crescera exponencialmente, em proporção quase semelhante. Em certa ocasião, creio que Wilson tenha notado esse crescimento e, então, passou a me evitar — ou fingia evitar-me.

Foi mais ou menos nessa mesma época que, se não me engano, numa violenta altercação com ele, o garoto se descuidou mais do que de costume e começou a falar e a agir com uma franqueza estranha à sua natureza; então, descobri, ou imaginei ter descoberto, em seu tom de voz, em sua postura e sua aparência geral, algo que me chocou a princípio, mas que depois me interessou profundamente, pois me trazia à mente turvas lembranças de minha primeira infância — memórias confusas e embaralhadas de um tempo em que a própria memória ainda não nascera. Não conseguiria melhor descrever a sensação que me acometeu do que dizendo que, com certa dificuldade, pude me livrar do pensamento de que já conhecera aquele ser diante de mim em algum período muito longínquo, em algum ponto do passado, mesmo que infinitamente remoto. Essa ilusão, entretanto, dissipou-se tão rápido quanto chegara; e a menciono apenas para destacar o dia da última conversa que mantive ali com meu singular xará.

O enorme casarão centenário, com suas incontáveis subdivisões, tinha vários aposentos amplos que se interligavam; e neles dormia o maior número de estudantes. Contudo, também havia muitos gabinetes e nichos, pequenas sobras desprezadas da imponente estrutura — como possivelmente ocorre em todos edifícios tão estranhamente planejados. Assim, a perspicácia econômica do dr. Bransby também fizera dessas sobras minúsculos dormitórios, que, embora fossem meros cubículos, acomodavam uma única pessoa. Um desses quartinhos era ocupado por Wilson.

Numa certa noite, próxima da conclusão do meu quinto ano na escola, e logo depois da altercação previamente mencionada, estando todos já embalados em sono profundo, levantei-me da cama e, com uma lamparina em mãos, deslizei na ponta dos pés por uma imensidão de estreitos corredores até o quarto do meu rival. Há tempos planejava pregar-lhe alguma perversa peça de mau gosto — mas, até então, todas as tentativas constantemente falhavam. Agora, meu propósito era pôr o novo plano em prática e resolvi fazê-lo sentir toda a extensão da malícia de que estava imbuído.

Assim que alcancei seu quartinho, entrei silenciosamente, deixando a lanterna do lado de fora, com um tapa-luz sobre ela. Dei um passo adiante e pude escutar o ruído de sua tranquila respiração. Estando certo de que dormia, retornei, apanhei a lanterna e, com ela, aproximei-me da cama. O tapa-luz ainda a recobria e, prosseguindo com meu plano, sem fazer barulho, lentamente ergui o tecido, permitindo que os vívidos raios caíssem sobre aquele corpo adormecido e minha atenção repousasse em seu semblante. Olhei para ele — e um torpor, um arrepio paralisante, tomou conta de mim. Meu peito ofegou, meus joelhos vacilaram, todo o meu espírito fora possuído por um pavor infundado, embora intolerável. Arquejando em busca de ar, baixei a lamparina até quase tocá-la em seu rosto. Eram aquelas... aquelas as feições de William Wilson? Constatei que, de fato, eram dele, mas tremi como num acesso de febre, imaginando que não fossem. Que havia nelas para me confundir dessa forma? Fitei os detalhes, enquanto meu cérebro rodopiava com uma avalanche de pensamentos incoerentes. Não era essa sua aparência na vivacidade de suas horas despertas — certamente não era. O mesmo nome! Os mesmos traços faciais! O mesmo dia de matrícula! E, depois, aquela persistente imitação sem sentido do meu modo de andar, da minha voz, dos meus hábitos e meus trejeitos! Seria humanamente possível que aquilo que eu via fosse, simplesmente, resultante de sua habitual prática de imitação sarcástica? Estarrecido, tomado por um incessante tremor, apaguei a lamparina, saí em completo silêncio do quarto e, de uma vez por todas, abandonei os salões daquele antigo casarão. Para nunca mais voltar.

 Decorrido um lapso de alguns meses, passados em casa em pleno ócio, encontrei-me como estudante em Eton. O breve intervalo fora suficiente para enfraquecer minhas memórias dos acontecimentos no colégio do dr. Bransby — ou para ao menos realizar uma mudança efetiva na natureza dos sentimentos com a qual eu os relembrava. A verdade — e a tragédia — do drama não mais existia. Agora, encontrava espaço para duvidar de tudo aquilo que meus próprios sentidos testemunharam. Raramente pensava no assunto; mas, quando acontecia, apenas admirava a extensão da credulidade humana, rindo da vívida força da imaginação que por herança eu possuía. Assim, tendo em vista a vida que levava em Eton, era pouco provável que esse tipo de ceticismo pudesse regressar.

O vórtice de loucuras insensatas, no qual eu tão desesperadamente mergulhei, levou tudo embora — exceto a espuma de minhas horas passadas —, engoliu de uma vez todas as impressões sólidas e sérias, deixando à memória apenas as frivolidades de uma existência anterior.

Todavia, não desejo aqui traçar o curso de minha miserável extravagância — um exagero que desafiava as leis, enquanto eu me esquivava da vigilância da instituição. Três anos de loucura, gastos sem nenhum proveito, renderam-me apenas hábitos apegados ao vício e um aumento, um tanto quanto incomum, em minha estatura física. Foi então que, depois de uma semana de perverso desperdício, convidei os alunos mais indecentes para uma pequena bebedeira em meu quarto. Encontramo-nos tarde da noite; pois nossas libertinagens deviam fielmente durar até a manhã seguinte. O vinho corria solto — acompanhado de outras formas de sedução, talvez até mais perigosas. Então, o cinzento amanhecer vagamente surgia no horizonte enquanto nossa delirante extravagância atingia seu auge. Loucamente agitado pelos jogos e pela intoxicação, estava a fazer um brinde àquela mais que habitual profanação quando meu foco foi subitamente desviado pela brusca, embora parcial, abertura da porta do cômodo — seguida pela voz ansiosa de um criado que lá fora estava. O funcionário informou-me que alguém, aparentemente com muita pressa, exigia falar comigo na entrada do prédio.

Como estava extremamente frenético sob o efeito do vinho, a inesperada interrupção mais me deleitara do que surpreendera. Saí cambaleando no mesmo instante, e alguns passos me levaram ao vestíbulo do edifício. Naquela baixa e apertada sala, não havia fonte de luz alguma, nem sequer uma vela que a iluminasse; e a frágil claridade do amanhecer só podia adentrar nas poucas janelas semicirculares. Assim que dei o primeiro passo adentro, notei a figura de um jovem quase de minha altura, vestindo uma sobrecasaca de casimira branca, cortada à moda daquela que eu usava no momento. A fraca iluminação permitia-me enxergar esses aspectos gerais; mas as feições de seu rosto eram impossíveis de distinguir. No momento seguinte à minha entrada, a pessoa se precipitou em minha direção e, agarrando-me pelo braço, como num gesto de petulante impaciência, sussurrou em meu ouvido: "William Wilson!"

A sobriedade atingiu-me no mesmo instante.

Havia algo nos modos do desconhecido, algo no gesto trêmulo do dedo apontado para mim contra o feixe de luz, que me encheu de um incompreensível espanto; mas não fora exatamente isso que tão violentamente me comoveu. Fora o inconfundível tom de repreensão impregnado naquela pronúncia solene e sibilada; e, acima de tudo, fora o caráter, a entonação, o timbre daquelas breves e familiares sílabas sussurradas que golpearam minha alma como uma terrível descarga elétrica e me atingiram como uma avalanche de infinitas lembranças de tempos idos. Quando pude recuperar meus sentidos, ele já havia partido.

Embora esse acontecimento não deixasse de impactar minha desajustada imaginação, seu efeito foi, porém, tão fugaz quanto vívido. Por algumas semanas, ocupei-me com uma séria investigação — ou talvez estivesse envolto numa nuvem de mórbidas especulações. A verdade é que não quis afastar de minha percepção a identidade daquele específico indivíduo, que, de maneira tão obstinada, interferia em minha vida e me atormentava com seus conselhos insinuados. Mas quem ou o que era esse Wilson? De onde vinha? Quais eram suas intenções? Não fui capaz de satisfazer nenhuma dessas questões. Sobre ele, consegui apenas verificar que um súbito acidente em sua família motivara sua saída do colégio do dr. Bransby, na tarde do mesmo dia em que eu fugira de lá. Todavia, por um breve período, deixei esse assunto de lado. Minha atenção estava completamente focada nos planos de mudar-me para Oxford — e para lá logo parti. A irresponsável vaidade de meus pais garantia todo o meu sustento; além de uma boa pensão anual que me permitia satisfazer à vontade todo o luxo já tão caro ao meu coração — competindo em abundância de gastos com os mais arrogantes herdeiros, dos condados mais ricos de toda a Grã-Bretanha.

Por estar agitado diante de tantos recursos ao vício, meu temperamento natural irrompeu com redobrada fúria, e rejeitei até os hábitos mais comuns de decência durante a louca paixão de minhas aventuras. Seria, entretanto, absurdo deter-me nos pormenores de toda a minha extravagância. Basta resumir que, em esbanjamentos, superei Herodes[9] e, dando nome a uma imensidão de novos desatinos, acrescentei um longo apêndice ao extenso catálogo de vícios comuns na mais libertina universidade de toda a Europa.

É difícil acreditar que não pude manter, nem mesmo em Oxford, a compostura de homem refinado; ou que passei

---

9 Herodes Ático foi um político a serviço do Império Romano, famoso por sua vultuosa fortuna. (N. da T.)

a me familiarizar à vil arte dos apostadores profissionais, tornando-me adepto dessa desprezível ciência e aumentando ainda mais minha abundante renda à custa de meus ingênuos colegas. Porém, essa é a mais pura verdade. E o próprio absurdo dessa ofensa contra todos os sentimentos viris e honráveis revelava, sem dúvidas, a principal — e talvez a única — razão da impunidade pela qual foi cometida. Quem, entre os mais desprendidos companheiros, não duvidaria das mais claras evidências de seus próprios sentidos antes de levantar qualquer suspeita contra o alegre, franco e generoso William Wilson? O mais nobre e mais compreensivo camarada de Oxford, aquele cujas badernas — diziam os parasitas — eram apenas folias de uma alma jovem e desenfreada; cujos erros eram apenas caprichos singulares; cujos vícios mais sombrios eram apenas extravagâncias imprudentes e requintadas.

Já fazia dois anos que desfrutava desse tipo de ocupação, com muito sucesso, quando chegou à universidade um nobre parvenu, Glendinning, que se dizia tão rico quanto Herodes Ático — cuja riqueza também fora tão facilmente adquirida. Logo notei que era de fraco intelecto; e prontamente o julguei presa fácil para as minhas habilidades. Frequentemente o levava às jogatinas e, como dita a arte dos jogadores profissionais, deixei-o ganhar uma certa quantia, pois, assim, mais fácil seria induzi-lo a cair em minhas artimanhas. Finalmente, meus planos estando maduros, encontrei-o nos aposentos de um colega em comum, o sr. Preston, com a plena certeza de que esse encontro seria o xeque-mate decisivo. O anfitrião era íntimo de ambos e, para lhe ser justo, declaro que ele não tinha a mais remota suspeita de minhas reais intenções. Para dar mais veracidade à emboscada, também planejei reunir um grupo de oito a dez pessoas e fui o mais cauteloso possível ao fingir que a distribuição das cartas era aleatória, partindo inclusive do próprio arranjo de minha vítima. Para não me alongar em tão vil tópico, ressalto que nenhuma das baixas sutilezas foram omitidas — sendo elas tão comuns em ocasiões como essa, é de se admirar que alguns senhores ainda sejam cretinos a ponto de se deixarem enganar.

Estendemos a sessão noite adentro, e eu finalmente coloquei em prática a manobra que tornaria Glendinning meu único adversário. Para melhorar, jogávamos o meu favorito: o *écarté*! Os jogadores restantes, interessados na extensão de nossas apostas, abandonaram as próprias cartas e se juntaram como espectadores ao nosso redor. O parvenu — que eu habilmente induzira a se embebedar na primeira parte da noite — agora embaralhava, dava as cartas e jogava com um estranho nervosismo nos gestos, os quais — pensava eu — poderiam ser parcialmente explicados pela embriaguez — mas não totalmente. Num curto espaço de tempo, ele se tornara devedor de uma grande quantia; e então, ao entornar uma generosa dose de vinho do Porto, fez precisamente o que eu estivera friamente prevendo: propôs dobrar a já abundante aposta. Mostrei fingida relutância, e minhas repetidas recusas o levaram a enrijecer o palavreado, dando, assim, um ar de desafio ao meu consentimento. Por fim, aceitei. Naturalmente, o resultado só serviu para demonstrar o quanto a presa estava em minhas garras: em menos de uma hora, ele quadriplicara sua dívida.

    Já havia algum tempo que o rubor concedido pelo vinho se desvanecia em seu semblante; mas agora, para meu espanto, percebi que a vermelhidão dava lugar a uma tenebrosa palidez. Para *meu* espanto, digo. Isso porque, em minha ávida pesquisa, Glendinning sempre fora apresentado como imensamente rico; portanto, presumi que a quantia que ele até então perdera, embora notoriamente vasta, não poderia aborrecê-lo seriamente, tampouco atingi-lo de modo tão violento. A ideia de que estaria apenas dominado pelo vinho há pouco ingerido foi a primeira que me veio à mente; e, preferindo preservar uma boa imagem do meu caráter aos olhos de meus companheiros, sem nenhum outro motivo menos interesseiro, estava prestes a decididamente insistir em encerrar a partida quando algumas expressões dos senhores ao meu lado, seguidas de uma exclamação de extremo desespero da parte de Glendinning, deram-me a entender que eu o levara à total ruína — sob circunstâncias que poderiam tê-lo protegido até mesmo dos males de um demônio. E assim, o homem se tornou motivo de compaixão de todos que ali estavam.

Qual deveria ter sido minha conduta nesse momento, é difícil dizer. A deplorável situação de minha vítima preenchera o ambiente com um melancólico clima de embaraço; e, por um certo momento, um profundo silêncio reinou — durante o qual eu não pude deixar de sentir minha face corar sob os numerosos olhares ardentes de reprovação e de desprezo que me lançavam os menos impiedosos do grupo. Até devo admitir que um intolerável peso de angústia foi retirado do meu peito por um breve instante, graças à repentina e extraordinária interrupção que se sucedeu. A pesada e larga porta articulada do apartamento fora escancarada de uma só vez, com tamanha urgência e violência que, como num passe de mágica, apagou todas as velas do cômodo. Enquanto ainda se esmaeciam, pudemos notar, sob a luz fraca, que um estranho havia entrado — e seu vulto, coberto por uma capa justa, era mais ou menos da minha altura. A escuridão, entretanto, agora era total, e podíamos apenas sentir que o homem se encontrava entre nós. Antes mesmo que qualquer um dos senhores pudesse se recuperar do extremo horror despertado pela violência repentina, ouvimos a voz do intruso.

— Cavalheiros — disse ele, num baixo sussurro, distinto e inesquecível, que me estremeceu até a medula dos ossos. — Cavalheiros, não peço desculpas pelo meu modo de agir, pois esse comportamento é motivado por um encargo que devo cumprir. Não me restam dúvidas de que os senhores desconhecem o verdadeiro caráter da pessoa que esta noite ganhou no *écarté* uma enorme quantia de Lorde Glendinning. Irei, portanto, apresentar-lhes um expedito e decisivo plano para que, assim, possam obter informações de suma importância. Peço que façam a gentileza de examinar, sem pressa, o forro do punho de sua manga esquerda; bem como os vários pacotinhos que podem ser encontrados nos vastos bolsos de seu roupão bordado.

Enquanto falava, tão profundo era o silêncio que seria possível ouvir uma agulha se estatelar no chão. Ao concluir seu intuito, partiu apressado, tão impetuosamente quanto entrou. Como posso... como poderia descrever tudo que senti? Devo dizer que senti todo o temor dos enganados? Certamente, tive muito pouco tempo para refletir. Várias mãos bruscamente apalparam os lugares denunciados, e imediatamente reacenderam as luzes. A busca prosseguiu. No forro da manga, foram encontradas todas as cartas essenciais ao *écarté* e, nos bolsos do roupão, alguns baralhos com cartas semelhantes àquelas utilizadas nas jogatinas — com a única exceção de que meus baralhos eram tecnicamente denominados *arrondees*, cujas cartas mais valiosas são levemente curvadas nas pontas e, as de menor valor, nas laterais. Com esse arranjo, o tolo que corta o baralho na lateral maior, como de costume, inevitavelmente dará ao seu rival a carta de maior valor; enquanto um jogador profissional, cortando pela lateral menor, certamente não entregará carta valiosa à sua vítima.

Uma explosão de fúria teria me afetado menos que o silêncio de desprezo ou a compostura sarcástica com que foi recebida a descoberta.

— Sr. Wilson — disse nosso anfitrião, inclinando-se para recolher do chão uma luxuosa e rara capa de pele —, isto lhe pertence.

Como estava frio, ao deixar meu próprio quarto, vestira uma capa de pele sobre o roupão e, ao adentrar o cenário da performance, logo me livrei dela.

— Presumo que seja exagero procurar por mais alguma evidência de sua habilidade — prosseguiu, revistando as dobras da capa com um sorriso amargo. — De fato, já temos o bastante. O senhor se defrontará com a inevitável necessidade de abandonar Oxford, assim espero... Em todo o caso, deve imediatamente abandonar meus aposentos.

Arruinado, humilhado até o pó como estava, era provável que eu revidasse o audacioso linguajar com uma imediata violência pessoal; isso se minha atenção não tivesse sido completamente desviada para um fato da mais impressionante natureza. A capa que havia usado era de uma variedade rara de pele; quão rara e quão extravagantemente custosa, não me atrevo a dizer. Seu modelo, ademais, era de minha própria e fantástica criação, pois trajava-me como um dândi, meticuloso ao extremo, e questões frívolas como essa eram de suma importância para mim. Desse modo, quando o sr. Preston estendeu-me aquela que recolhera do chão, próximo à porta articulada do quarto, foi com grande espanto, quase em estado de pânico, que percebi minha própria capa pendurada em meu braço — onde eu certamente a havia colocado de maneira involuntária. Aquela que o homem segurava era nada mais que uma reprodução exata da minha, idêntica até nos mais específicos detalhes. Se bem me recordo, a bizarra criatura que havia tão desastrosamente me exposto estava envolta por uma capa; e, além da minha, nenhuma outra fora usada por qualquer membro do nosso grupo.

Esforçando-me para manter alguma presença de espírito, tomei aquela que Preston me oferecia e, sem que notassem, coloquei-a sobre a minha própria capa, deixando o aposento com uma ousada carranca em tom de provocação.

Antes mesmo do raiar do dia, parti e viajei de Oxford ao continente, agonizando de ódio e vergonha.

A fuga fora em vão.

Meu fatídico destino me perseguiu e, triunfantemente, provou que a ação de seu misterioso poder estava apenas começando. Mal pusera os pés em Paris e já possuía claras evidências do abominável interesse de Wilson em minha vida. Os anos passavam sem que eu experimentasse sequer um segundo de paz. Miserável! Em Roma, com que inoportuna e fantasmagórica ousadia se intrometeu entre mim e minha própria ambição! Em Viena, a mesma coisa, em Berlim... até em Moscou! Honestamente, como não teria eu amargos motivos para odiá-lo com todo o meu ser? De sua inescrutável tirania me esquivava, tomado pelo pânico, fugindo dele como o próprio diabo foge da cruz; mas, até nos confins da Terra, a fuga era em vão.

E de novo, e de novo. Em secreta comunhão com o meu próprio espírito, indagava "quem é ele? De onde veio? Qual é o seu propósito?", mas nenhuma resposta surgia. Então, eu investigava, com análises minuciosas, os meios, os métodos e as principais características de sua impertinente vigilância. Ainda assim, havia muito pouco para se vislumbrar alguma conjectura. De fato, era visível que, em nenhuma das múltiplas vezes que cruzara meu caminho, o fizera sem ser para frustrar meus esquemas ou para interferir em ações que, se porventura concluídas, teriam resultado em cruéis delitos. Francamente, pobre justificativa essa para um tirano que tão imperiosamente se impunha! Pobre reparação para os direitos naturais de livre-arbítrio, negados de maneira tão obstinada e ofensiva!

Também fora eu levado a notar que, por muito tempo, meu torturador havia arquitetado planos nos quais ninguém via suas feições, em momento algum, e isso se repetia nas inúmeras execuções de suas interferências em minhas vontades — enquanto mantinha, com uma destreza sobrenatural e sem escrúpulos, o capricho de surrupiar a identidade de minhas vestimentas. Para quem quer que fosse, isso já era, no mínimo, o cúmulo da afetação ou da loucura. Poderia ele, por sequer um instante, ter suposto que, no meu admoestador em Eton, no destruidor de minha honra em Oxford, naquele que frustrou minha ambição em Roma, na minha vingança em Paris, no meu amor em Nápoles ou naquilo que ele erroneamente reconheceu como avareza no Egito... que naquele diabólico gênio, meu arqui-inimigo, eu deixaria de reconhecer o William Wilson dos meus tempos de escola? Meu xará, companheiro e rival, meu tão odiado e temido antagonista do colégio do dr. Bransby? Impossível! Mas hei de logo apresentar a última cena deste conturbado drama.

Até então, eu sucumbira passivamente àquela imperiosa dominação. A sensação de profundo pavor com a qual estava habituado a encarar o caráter elevado, a majestosa sabedoria, a aparente onipresença e onipotência de Wilson — associado à terrível repulsa que outros aspectos de sua natureza e de sua arrogância me despertavam — conseguira incutir em mim a ideia de minha própria fraqueza e impotência, sugerindo uma implícita, embora amargamente relutante, submissão às suas vontades arbitrárias. Todavia, nos últimos dias, entregara-me de corpo e alma ao vinho; e sua enlouquecedora influência sobre meu temperamento hereditário tornou-me cada vez mais e mais desobediente àquele controle. Comecei a murmurar... a hesitar... a resistir. E seria isso apenas minha própria imaginação induzindo-me a acreditar que, com o aumento de minha firmeza, a de meu torturador diminuiria de maneira proporcional? Fosse como fosse, comecei a sentir o estímulo de uma esperança latente, de modo que passei a nutrir em meus pensamentos mais secretos uma solução austera e desesperada, uma ânsia de não mais me submeter àquela escravidão.

Foi em Roma, durante o carnaval do ano 18, quando compareci a um baile de máscaras no palácio de um senhor napolitano, o duque Di Broglio. Com mais liberdade do que o normal, entreguei-me aos exageros da mesa de vinho; e agora a atmosfera sufocante dos cômodos abarrotados irritava-me mais do que podia suportar. A dificuldade de abrir caminho naquele labirinto aglomerado contribuía, e muito, para enfurecer-me o gênio, pois estava ansiosamente procurando — prefiro não detalhar minhas indignas intenções — a jovem, a radiante, a belíssima esposa do velho e caduco Di Broglio. Com uma confiança igualmente inescrupulosa, a dama me havia revelado em segredo a fantasia que estaria usando; e agora, tendo-a vislumbrado de longe, apressava-me para abrir o caminho que a ela me levaria. Foi nesse momento que senti uma mão levemente pousar em meu ombro, acompanhada daquele inesquecível, baixo e maldito sussurro em meu ouvido.

Num frenesi de extrema cólera, virei-me imediatamente para aquele que me interrompera e agarrei-o pelo pescoço com demasiada violência. Como já esperado, trajava uma vestimenta completamente igual à minha: uma capa espanhola de veludo azul, amarrada à cintura por um cinturão carmim que sustentava uma longa rapieira. E uma máscara de seda negra cobria-lhe toda a face.

— Patife! — disse eu, num tom áspero de raiva, enquanto cada sílaba pronunciada parecia alimentar ainda mais minha fúria. — Patife! Impostor! Maldito canalha! Nunca mais... nunca mais me perseguirá até a morte! Venha comigo ou o destruo aqui mesmo! — e rompi caminho pelo salão de festas em direção a uma pequena antecâmara, arrastando-o comigo, como uma fera indomável, sem encontrar resistência.

Ao entrar, empurrei-o furiosamente para bem longe de mim. Ele cambaleou e bateu direto na parede; enquanto isso, eu trancava a porta e praguejava, ordenando que sacasse sua rapieira. O canalha hesitou por um instante; porém, com um leve suspiro, sacou a espada em silêncio e se posicionou em sua defesa.

A luta foi deveras curta. Eu estava frenético, dominado pela mais selvagem fúria, e sentia correr nas veias a energia e o poder de um exército inteiro. Em poucos segundos, apenas com a força física, obriguei-o a encostar-se no lambril da parede, e assim, tendo-o à minha mercê, mergulhei minha espada em seu peito, com bruta ferocidade, repetidas vezes.

Naquele instante, alguém tentou abrir a porta. Apressei-me para evitar uma intromissão e logo em seguida retornei ao meu moribundo adversário. Mas que língua humana poderia fielmente descrever aquele assombro, aquele horror que me possuíra à vista do espetáculo que então se apresentou diante de mim? O breve instante em que desviara meus olhos fora suficiente para aparentemente criar uma mudança real na disposição da parte superior ou no canto extremo do quarto. Um imenso espelho — ou assim me pareceu a princípio, em meio àquela confusão — agora se erguia onde nada fora visto antes. Conforme me aproximava dele, no auge do pavor, minha própria imagem, com a feição pálida e embebida de sangue, avançava ao meu encontro, a passos frágeis e vacilantes.

Assim parecia, digo eu, mas não era de fato. Era meu adversário... era Wilson que se erguia diante de mim, agonizando na própria ruína. Sua máscara e sua capa jaziam num canto onde ele as jogara. Nem sequer um único fio em todo o seu traje... nem uma linha em todos os expressivos e singulares traços de seu rosto que não fossem, na mais absoluta fidelidade, meus próprios!

Era Wilson, mas ele não mais falava em sussurros, e eu poderia facilmente crer que era eu mesmo quem falava enquanto ele dizia:

> *"Tu venceste, e eu me rendo. Todavia, daqui para a frente, estarás tu também morto... morto para o Mundo! Morto para o Céu! Morto para a Esperança! Em mim tu vivias... mas em minha morte, em minha imagem, que é teu próprio reflexo, podes ver como certamente assassinaste a ti mesmo!"*

ILUSTRAÇÃO HARRY CLARKE (1919)

A ATRIBUIÇÃO

"Fica à minha espera!
Não te abandonarei.
Logo nos encontraremos
nesse vale profundo."

Elegia sobre a morte da esposa,
por Henry King, bispo de Chichester

Malfadado e misterioso homem! Perdido no brilhantismo de sua imaginação, tomado pelas chamas da própria juventude! No mundo da fantasia, contemplo-te novamente! Mais uma vez teu vulto surge para mim! Não... não te manifestes naquela condição que te encontras, no gélido vale das sombras, mas como deverias estar: esbanjando uma vida contemplativa na cidade das paisagens sombrias, tua amada Veneza, que é o Eliseu do mar e a querida das estrelas, onde as imensas fenestras dos casarões paladinos parecem contemplar, com profundo e amargo interesse, os segredos escondidos em suas águas silenciosas. Sim, é exatamente assim que deverias estar! Seguramente há outros mundos para além deste... outros pensamentos que não aqueles das multidões... outras teorias que não aquelas sofistas. Então quem poderia questionar tua conduta? Quem poderia te culpar pelos pensamentos visionários? Por que julgariam tuas ocupações como tempo perdido, quando eram apenas a infinita potência que transborda de ti?

Foi em Veneza, na famosa ponte coberta, a Ponte dos Suspiros, que encontrei, pela terceira ou quarta vez, a pessoa a quem me refiro. Apenas algumas lembranças embaralhadas fazem-me recordar as circunstâncias daquele encontro. Porém, ainda me lembro... Ah, como poderia esquecer? A escuridão da meia-noite, a Ponte dos Suspiros, a beleza de mulher e o gênio romântico que pairavam no estreito canal.

Era uma noite de escuridão atípica, e o imponente sino da *Piazza* soara a quinta hora da noite italiana. A Praça de São Marcos estava deserta, e as luzes do antigo Palácio Ducal apagavam-se rapidamente. Parti da praça rumo à minha casa, navegando pelo Grande Canal. No entanto, assim que minha gôndola chegou em frente à entrada do Canal de São Marcos, um longo grito irrompeu pela noite — era uma voz feminina, selvagem e histérica. Aterrorizado pelo berro, levantei-me no exato momento em que o gondoleiro deixou escorregar seu único remo, que desapareceu na escuridão sem nenhuma chance de ser recuperado. Em consequência disso, nossa única alternativa foi deixar que a correnteza nos levasse para o canal menor. Flutuávamos lentamente em direção à Ponte dos Suspiros, como um imenso condor de plumagem negra pelos céus, quando centenas de tochas se acenderam subitamente nas fenestras e na escadaria do Palácio Ducal, transformando a treva melancólica em dia esplendoroso.

Uma criança, ao escorregar dos braços da mãe, despencara da janela de um dos quartos do edifício, caindo diretamente nas profundezas do canal — e as águas serenas e obscuras abraçaram tranquilamente sua vítima. Embora nossa gôndola fosse a única à vista, muitos homens já haviam mergulhado e procuravam, destemidos, a criança pela superfície. Infelizmente, a caçada foi em vão, e o tesouro só poderia ser encontrado no fundo daquele abismo.

Sobre as vastas lajotas de mármore negro na entrada do palácio, a alguns degraus acima da água, avistava-se um vulto que nunca fora esquecido por aqueles que o viram.

Era a Marquesa Afrodite, adorada por toda Veneza, a mais radiante entre todas as damas, de beleza única e modos adoráveis. No entanto, era também a jovem esposa do velho e misterioso Mentoni, a mãe da bela criança, seu primeiro e único filho — que agora penetrava as entranhas daquela água turva, enquanto almejava, ressentido, as carícias da mãe e dizimava seu curto período de vida com esforços para chamá-la.

A mulher permanecia só. Os pequeninos pés descalços cintilavam feito prata sobre o mármore negro polido. Os cabelos, amarrados como flores de jacinto, já afrouxados no penteado de festa, misturavam-se a pequenas gotas de diamante presas aos cachos. Um robe branco e leve como a névoa da noite parecia ser a única vestimenta a proteger seu delicado corpo — no entanto, o clima da madrugada de verão estava quente, tranquilo e sombrio. O vulto da mulher assemelhava-se a uma estátua e não mexia sequer uma dobra do tecido, que a cobria como o denso mármore que pende da escultura de uma deusa grega. Contudo, é estranho dizer que seus enormes olhos cintilantes não se voltavam para baixo, para a sepultura na qual jazia sua mais sublime esperança, mas fixavam-se numa direção totalmente diversa. Acredito que a prisão da Velha República seja um dos prédios mais magníficos de toda Veneza — mas como poderia a mulher encará-lo de maneira tão obcecada quando seu único filho sufocava abaixo dela?

Aquela região sombria e sinistra também podia ser vista da janela de seus aposentos; então, haveria algo naquelas sombras, na hera que crescia pelos muros ou nos detalhes da arquitetura que a marquesa de Mentoni já não observara centenas de vezes? Um disparate! Todos sabem que, em momentos como esse, os olhos parecem um espelho partido em mil pedaços, que multiplica as imagens angustiantes e enxerga nos lugares mais longínquos a desgraça que está ali tão próxima.

Muitos passos acima da marquesa, sob o arco do portão que dava para a água, via-se a silhueta de um devasso em trajes de gala: o próprio marquês de Mentoni. Naquelas circunstâncias, preocupava-se em dedilhar um violão, parecendo extremamente entediado; e eventualmente dava alguma ordem para o resgate do filho. Perplexo e horrorizado, permaneci imóvel após o grito e ainda não havia encontrado forças para me sentar — o que pode ter soado como uma aparição fantasmagórica e aterrorizante aos olhos do agitado grupo, que me viu flutuar em uma gôndola fúnebre, com o rosto pálido e os membros rígidos.

Todos os esforços foram em vão. Muitos dos mais empenhados na busca descansavam após o intenso esforço, entregues a um melancólico momento de pesar. Parecia que a expectativa de encontrar a criança se desvanecia — até mesmo a mãe perdera as esperanças. Foi então que, daquela região sombria já mencionada, na parte da prisão defronte à fenestra da marquesa, um vulto encoberto por uma capa saiu apressado em direção a um ponto ligeiramente iluminado. Ao aproximar-se da margem íngreme do canal, a criatura parou por um instante e mergulhou de cabeça nas águas profundas. No instante seguinte, emergiu com a criança ainda viva, respirando, em seus braços. Ele subiu, nas lajotas de mármore ao lado da marquesa, com a capa pesada de água, que, desabotoada, despencou no chão revelando aos curiosos espectadores o maravilhoso homem cujo nome seria conhecido por toda a Europa.

O salvador não proferiu sequer uma palavra; mas a marquesa agora receberá seu filho! Poderá abraçar aquele frágil corpinho, apertá-lo junto ao coração e enchê-lo de afeto. Mas oh! Outros braços pegaram a criança do desconhecido! Outros braços levaram-na para longe, sorrateiramente, para dentro do palácio!

E a marquesa!? Os lábios, seus lindos lábios, tremulam; lágrimas inundam-lhe os olhos — aqueles olhos que, como o acanto de Plínio,[10] são "macios e quase líquidos". Sim! Uma torrente de água escorre dos olhos... e vede! Cada partícula da mulher treme, até a alma se agita de emoção... A estátua voltava à vida! Observávamos sua transformação na palidez da face, no aperto do peito, na pureza dos pés; enfim, contemplávamos todo o corpo de mármore se enrubescer, tomado por uma onda de vermelhidão. De repente, como lírios prateados se agitam pela brisa de Nápoles, um leve calafrio estremece seus graciosos membros.

Mas por que aquela mulher enrubescera tanto? Para essa pergunta, não há resposta. Exceto que, ao sair apressada por causa do desespero que dominara seu coração materno, deixando a intimidade do próprio aposento, esquecera-se completamente de calçar os pés e cobrir os ombros venezianos com um lenço apropriado. Haveria outro motivo para se constranger daquela forma? Outra possível razão para o belo olhar selvagem cintilar tanto? Para a respiração ofegante e as mãos trêmulas, que, acidentalmente, tocaram as mãos do estranho após Mentoni retornar ao palácio? O que pode ter levado a marquesa a murmurar, em tão baixo som, aquelas

---

10 Também conhecido como "Plínio, o Velho" (23-79 d.C.), foi um grande naturalista romano responsável por reunir grande parte do conhecimento científico da época em sua enciclopédia *História Natural*. (N. da T.)

incompreensíveis palavras enquanto apressadamente se despedia do desconhecido?

— Venceste... — disse ela, ou os ruídos da água me enganaram. — Venceste... Encontre-me uma hora após o nascer do sol... Assim será.

O tumulto diminuíra, as velas foram se apagando, e o homem misterioso, que eu agora reconhecia, ficara a sós em frente ao palácio. Tremia com estranha agitação, e os olhos buscavam uma gôndola ao redor. O mínimo que eu poderia fazer era oferecer-lhe um espaço na minha — gentileza que aceitou de bom grado. Como havíamos arranjado outro remo próximo ao portão, seguimos juntos para sua casa enquanto ele rapidamente recuperava a compostura, falando sobre o nosso rápido encontro e mostrando-se muito cortês.

Entretanto, há algumas questões que quero relatar de maneira minuciosa. Aquele desconhecido — prefiro chamá-lo assim, visto que ainda era desconhecido por todos — é uma dessas questões. Sua estatura era abaixo da média, embora houvesse momentos de entusiasmo nos quais a silhueta realmente se expandia e mascarava a altura verdadeira. Dadas a leveza e a suavidade do corpo simétrico, era mais provável imaginá-lo da maneira cordial com que nos tratara sob a Ponte dos Suspiros do que sendo aquele homem de força hercúlea, que age como herói em momentos de perigo e emergência. A boca e o queixo assemelhavam-se aos de um deus grego — singulares, selvagens, cheios — e os olhos, cujas cores variavam do avelã puro para um tom intenso e brilhante, pareciam transbordar. Já os cabelos, abundantes e cacheados, caiam sobre a fronte larga, que por vezes reluzia revelando sua cor de marfim. Nunca vira traços tão clássicos e simétricos quanto aqueles; exceto, talvez, as feições marmóreas do Imperador Cómodo. Seu semblante, entretanto, era um padrão com o qual todo mundo já se deparou alguma vez na vida, mas que não se fixa na memória. Não havia nenhuma peculiaridade, nem sequer uma expressão predominante que poderia ser memorizada. Uma face vista e instantaneamente esquecida, porém, esquecida com um vago e incessante desejo de trazê-la à mente. Não porque o espírito das paixões ligeiras tenha deixado de refletir a própria imagem no espelho daquela face; mas porque o espelho, sendo um espelho, não reflete nenhum vestígio de paixão quando ela não mais existe.

Ao deixá-lo em casa na noite de nossa aventura, o desconhecido solicitou-me que o visitasse muito cedo na manhã seguinte, e a maneira pela qual se expressou parecia urgente. Por isso, logo após o amanhecer, compareci em seu *Palazzo* — uma daquelas imponentes construções sombrias e repletas de pompa que se erguem sobre as águas do Grande

Canal na vizinhança de Rialto[11]. Ao entrar, logo me deparei com uma larga escadaria em caracol decorada por mosaicos — pela qual segui até alcançar um magnífico aposento, onde o esplendor irrompia pela porta aberta e me atingia como um intenso feixe de luz, ofuscando-me a visão com tanta riqueza.

Já sabia que meu conhecido era rico, pois ouvira boatos absurdos sobre suas posses, mas sempre imaginei que não passavam de ridículos exageros. Porém, enquanto observava tudo aquilo à minha volta, fui levado a crer que seria impossível qualquer trabalhador europeu bancar toda a nobreza e magnificência que ali irradiava e resplandecia.

Embora o sol já tivesse nascido, como disse, o aposento ainda emanava uma luz intensa. Dadas as circunstâncias, e pelo semblante exausto do meu amigo, deduzi que não havia repousado durante a noite. A arquitetura e os ornamentos do quarto evidenciavam um claro objetivo de deslumbrar e surpreender — pouca importância se deu à harmonia da decoração ou aos padrões estéticos das diferentes nacionalidades. Os olhos perambulavam pelos objetos, mas não se fixavam em nenhum; nem no grotesco das pinturas gregas,

---

11 Comuna italiana e outrora uma cidadezinha medieval, Rialto fica na área central de Veneza e tem sido conhecida, por vários séculos, como o coração financeiro e comercial de Veneza. Aliás, a mais famosa ponte de Veneza é a Ponte de Rialto, que foi construída entre 1588 e 1591. (N. da T.)

tampouco nas esculturas dos tempos de glória da arte italiana ou nos entalhes rudimentares do Antigo Egito. Luxuosas tapeçarias envolviam cada parte do cômodo e tremiam pela vibração de uma suave música melancólica, da qual não se conseguia identificar a origem. Os sentidos também se sobrecarregavam pela mistura de aromas discrepantes, como o fedor que exalava dos restos retorcidos de incenso junto com as diversas línguas flamejantes que reluziam de um fogo violeta e esmeralda. Pelas vidraças avermelhadas das imponentes janelas, os raios do sol matinal penetravam e iluminavam todo o quarto, espalhando-se por todos os lados e cintilando em infinitas direções. Quando atravessavam as cortinas que pendiam das cornijas como cataratas de prata fundida, os feixes de brilho natural se mesclavam à luz artificial, escorrendo suavemente pelo luxuoso carpete e formando um imponente lago de ouro derretido.

— Ah, ah, ah! Ah, ah, ah! — riu o proprietário assim que entrei no quarto, apontando-me uma cadeira e esticando-se numa poltrona. — Vejo — disse ele, notando minha dificuldade em reagir à etiqueta daquela recepção tão singular —, vejo que o senhor está atônito diante da particularidade dos meus aposentos... das estátuas, dos quadros, da originalidade da arquitetura e da decoração! Ficaste embriagado com minha magnificência, não é mesmo? Mas perdoa-me, caro senhor — suplicou com a voz imersa num tom de cordialidade —, perdoa-me pela risada insensível. O senhor parecia tão impressionado e... algumas coisas são tão cômicas que é preciso rir ou morrer! Aliás, morrer rindo deve ser a morte mais gloriosa de todas as mortes gloriosas! Sir Thomas More, por exemplo — que homem exemplar era sir Thomas More —, ele morreu rindo, o senhor se recorda? Também nos *Absurdos de Ravisius Textor* há uma longa lista de figuras que tiveram o mesmo magnífico fim. Mas o senhor sabia — prosseguiu, reflexivamente — que em Esparta, na atual Paliochori... isto é, como disse, em Esparta, a oeste da cidadela, em meio ao caos de ruínas praticamente extintas, há uma coluna na qual ainda se podem encontrar as letras ΛΑΣΜ? Com certeza fazem parte da palavra ΓΕΛΑΣΜΑ, ou seja, "riso". Bom, em Esparta havia milhares de templos e santuários para milhares de divindades. Como é estranho pensar que o altar do Riso seja o único ainda conservado! Mas, neste caso — continuou, com uma ligeira alteração na voz e nos gestos —, não tenho o direito de divertir-me à sua custa. Tens razão em ficar admirado. A Europa não tem condições de conceber algo tão refinado quanto meu majestoso gabinete. Os outros aposentos não se assemelham em nada a este... São meros exageros de uma moda sem graça. Esse aqui vai muito além da moda, não é mesmo? Mas basta alguém vê-lo que a fúria se revela... Bom, indignam-se aqueles que apenas conseguiriam possuí-lo em troca de todo o seu patrimônio. Por esse motivo, sou cauteloso com qualquer tipo de blasfêmia. O senhor é a única exceção, o único ser humano a ser admitido dentro dos mistérios desta câmara imperial, além de mim e de meu criado, desde que a decoração foi concretizada!

Curvei-me em agradecimento; pois, diante daquela magnífica sensação de esplendor, do perfume misturado à música, da espantosa excentricidade de suas falas e gestos, não consegui expressar em elogios a admiração que me dominara.

— Aqui — prosseguiu, levantando-se e apoiando-se no meu braço enquanto perambulava pelo cômodo —, estas são as pinturas da Grécia Antiga até Cimabue, e estas de Cimabue até as contemporâneas. Como pode ver, a maioria delas foi escolhida sem levar em conta nenhuma opinião de críticos de arte — embora todas sejam apropriadas a uma câmara como esta. E ali estão algumas obras-primas de talentos desconhecidos... Já aqui, alguns trabalhos inacabados, de artistas reconhecidos em seu tempo, mas cujos nomes foram silenciados pela perspicácia das academias — e entregues de bandeja a mim! E o senhor — perguntou-me, virando-se abruptamente enquanto prosseguia —, o que pensa desta *Madonna Della Pietà*?

— É do próprio Guido! — exclamei com todo o entusiasmo do mundo, completamente absorto pela irradiante beleza da obra. — É do próprio Guido! Como pôde obtê-la? Sem sombra de dúvidas, ela é em pintura o que a Vênus é em escultura.

— Ah! — reagiu, pensativo. — A Vênus, a bela Vênus? A Vênus de Medici? A de cabeça miúda e cabelo dourado? Parte do braço esquerdo e todo o braço direito são restaurações — prosseguiu balbuciando, a ponto de tornar-se quase inaudível — e o artifício de sedução do braço sobre o peito é, para mim, a epítome de toda aquela pretensão. Para mim, Vênus é a de Canova! Até mesmo o Apolo é uma cópia, não há sombra de dúvidas sobre isso... Pobre de mim, um cego tolo que não consegue apreciar a presunçosa inspiração de Apolo! Não consigo... perdoa-me, mas... não consigo deixar de preferir Antínoo. Não foi Sócrates quem disse que o escultor descobre sua estátua no bloco de mármore? Então Michelangelo não foi nada original em seus versos: *"Não há no homem artista nenhum conceito / Que o mármore em si mesmo já não o tenha"*[12].

Costumam dizer que, quando nos deparamos com verdadeiros cavalheiros, sempre conseguimos notar a discrepância entre seus modos e uma postura vulgar, mesmo que não saibamos determinar exatamente no que se diferem. Assim, admitindo que essa máxima se aplique às maneiras do meu

---

12 No original, *"Non ha l'ottimo artista alcun concetto / Che un marmo solo in se non circunscriva"*. (N. da T.)

conhecido, naquela agitada manhã senti que poderia também ser aplicada à sua conduta moral e ao seu caráter. Também concluí que a única explicação para aquela particularidade de espírito que parecia diferenciá-lo de todos os outros seres humanos era o hábito de intensa e contínua reflexão, que dominava até as atividades mais triviais, intrometia-se nos casos amorosos e entrelaçava-se aos meros instantes de júbilo, como serpentes que se contorcem por entre os olhos das máscaras risonhas que adornam as cornijas dos templos de Persépolis.

No entanto, não pude deixar de notar que diversas vezes, em meio ao tom de leveza e formalidade pelo qual discorria sobre assuntos banais, havia um certo tremor, um ímpeto de nervosismo nos gestos e nas falas, uma inquietante excitação no comportamento que me parecia inexplicável — e inclusive me alarmava em alguns momentos. Com certa frequência, o homem também parava no meio de alguma frase cujo início aparentemente lhe escapara à memória; e seguia calado, como se esperasse por alguma visita ou escutasse ruídos de sua própria imaginação.

Foi então, em algum desses devaneios ou intervalos de aparente abstração, que encontrei ao meu lado, sobre uma poltrona, a primeira tragédia de fato italiana, um belo drama do poeta e erudito Angelo Poliziano intitulado *La Favola di Orfeo*. Ao abrir uma das páginas, achei uma passagem sublinhada a lápis. Tratava-se de um trecho próximo ao fim do terceiro ato, um momento de grande comoção que nenhum homem, nem mesmo aquele corrompido pela impureza, seria capaz de apreciar sem ser tomado pela euforia de uma vívida emoção. E nenhuma mulher sem um longo suspiro. A página encontrava-se completamente manchada por lágrimas ainda úmidas, e na entrefolha oposta deparei-me com os seguintes versos escritos em inglês, com uma caligrafia tão diferente da letra do meu conhecido que tive certa dificuldade em reconhecê-la como de seu próprio punho:

"Tudo foste para mim, querida
Por ti, minh'alma é sedenta
És ilha verde nos mares, querida
Reduto em meio à tormenta
Pomar encantado, choupana florida

Fruto que minh'alma alimenta
Ah, sublime sonho intangível!
Estrelada esperança desperta!
Tanta bruma a torna invisível
E a voz do futuro me alerta:
"Avante!" Mas é no passado aprazível
(Soturno abismo!) que meu espírito se acoberta
Dramático — estático — apático!

HISTÓRIAS EXTRAORDINÁRIAS

A desgraça, às trevas me arrasta
Minha existência é agora nefasta
"Basta, basta, basta!"
Verbos efêmeros, sequelas brutais
Podem um cais inundar,
Seus rivais vitimar,
Meus ais provocar!

Cada dia é agora devaneio;
Cada noite em sonho te desejo
O som dos teus passos, anseio
O breu dos teus olhos, lampejo
Tua dança etérea irradia
Pelas águas italianas fluía

Maldição! Por aqueles tempos mundanos,
Mandaram-te aos céus!
Arrancaram-te dos leitos profanos,
E por amor leviano fomos réus!
Por mim, por ti e por nossos planos,
Lamentam os canais venezianos!"

O fato de que os versos foram escritos em inglês, uma língua que não imaginava ser do conhecimento de seu autor, pouco me surpreendera. Estava ciente da extensão de seus conhecimentos e do prazer singular que parecia sentir ao escondê-los de mim para que pudesse me surpreender em descobertas como essa. Contudo, devo confessar que a localização registrada junto à data me causou grande espanto. De início, escrevera Londres, mas a palavra foi posteriormente riscada com um certo rigor, que, no entanto, não bastou para tapear um olhar meticuloso. Digo que esse fato foi motivo de grande espanto, pois bem me recordo de que, numa conversa prévia com o conhecido, perguntei-lhe especificamente se em algum momento havia se encontrado com a marquesa de Mentoni em Londres, visto que a jovem residira na cidade inglesa por alguns anos antes de se casar. Entretanto, se não me engano, como resposta o homem deu a entender que nunca estivera na metrópole da Grã-Bretanha. Além disso, embora nunca tenha acreditado em rumores a respeito de sua origem devido a tantas improbabilidades, também ouvi dizer que o homem a quem me refiro não apenas era nascido, mas também educado na Inglaterra.

— Há um quadro — disse ele, sem notar meu interesse pelo drama —, apenas um quadro que o senhor ainda não viu. — E, abrindo uma cortina, revelou um retrato de corpo inteiro da marquesa Afrodite.

Nenhuma outra arte humana poderia delinear de maneira tão sublime sua beleza divina. A mesma criatura etérea que estivera à minha frente na noite anterior, sobre os degraus do Palácio Ducal, permanecia mais uma vez diante de mim. No entanto, notei algo oculto na expressão radiante e sorridente da mulher, alguma anomalia incompreensível, esparsos toques de melancolia inerentes à perfeição de sua beleza. O braço direito dobrava-se sobre o peito e, com o braço esquerdo, ela apontava para um vaso de formato peculiar. O pequeno pé de fada, quase escondido, mal tocava o chão. Praticamente imperceptível na atmosfera reluzente que parecia envolver e glorificar seu encanto, flutuava um par das mais delicadas asas imaginárias.

Desgrudei o olhar da pintura e voltei a atenção ao meu amigo, quando as palavras ardentes de *Bussy D'Ambois*, na peça de Chapman, eclodiram instintivamente dos meus lábios:

"Está em pé!
Ali, como uma estátua romana!
E assim permanecerá.
Até que a morte em mármore a transformará!"

— Venha! — ele disse após algum tempo, virando-se em direção a uma mesa de prata maciça minuciosamente lustrada, sobre a qual cálices pintados à mão se distribuíam em meio a dois grandes vasos etruscos, modelados no mesmo formato peculiar daquele pintado no quadro e cheios do que supunha ser Johannisberger. — Venha! — repetiu abruptamente. — Vamos beber! É cedo ainda... mas bebamos! É realmente cedo... — enfatizou, contemplativo, enquanto um querubim, com um pesado martelo de ouro, fazia o cômodo ressoar com a primeira hora após o nascer do sol. — Realmente cedo... mas e daí? Bebamos! Façamos uma oferenda ao solene sol, aquele que os incensários e essas lâmpadas extravagantes estão ávidos para ofuscar! — Em seguida, ao concluir a oferenda com um brinde, entornou vários cálices de vinho, bebendo de maneira ininterrupta.

— Sonhar... — prosseguiu, mantendo o andamento inconstante da conversa enquanto erguia, diante da vívida chama de um incensário, um dos magníficos vasos — ...sonhar tem sido minha maior preocupação na vida. Como o senhor pode ver, criei para mim uma câmara de sonhos. Poderia ter construído algo melhor no coração de Veneza? Bom, é claro que estamos rodeados de uma miscelânea de adornos arquitetônicos. A castidade da região de Jônia foi violada pelas inscrições antediluvianas, e as esfinges do Egito estiram-se sobre tapetes de ouro. Contudo, o efeito só é incongruente para uma mente tímida. Os decoros dos lugares, e especialmente das épocas, são empecilhos que aterrorizam a humanidade e afastam-na da contemplação do magnificente. Outrora fui decorador; porém, toda aquela sublimação de asneiras consumiu minha alma. Tudo isso agora se encaixa no meu propósito. Como aqueles incensos retorcidos, meu espírito se contorce nas chamas, e o delírio desta situação me prepara para paisagens selvagens da terra dos sonhos reais, para onde estou rapidamente partindo.

De repente, calou-se e inclinou a cabeça sobre o peito, parecendo escutar um som que eu não podia ouvir. Por fim, endireitou-se, olhou para cima e proferiu os seguintes versos do bispo de Chichester:

"Fica à minha espera! Não te abandonarei.
Logo nos encontraremos nesse vale profundo."

No momento seguinte, entregando-se ao poder do vinho, lançou-se de corpo inteiro numa poltrona.

Ouvi, então, passos apressados subindo pela escadaria, sucedidos por uma forte batida na porta. Apressei-me para evitar uma segunda perturbação, quando um pajem da família Mentoni irrompeu pelo quarto e gaguejou, com a voz embargada de angústia, as palavras desconexas:

— A minha senhora... minha senhora... envenenada... envenenada! Oh... oh, bela senhora... bela Afrodite!

Desnorteado, corri para a poltrona e tentei despertar o homem adormecido, para que ouvisse o apavorante recado. Porém, encontrei apenas seus membros rígidos, os lábios lívidos e os olhos, há pouco radiantes, fixos na morte. Cambaleei apavorado em direção à mesa, repousei a mão sobre um cálice trincado e enegrecido, e a compreensão de toda a terrível verdade invadiu minha alma como um súbito clarão.

ILUSTRAÇÃO HARRY CLARKE (1919)

ILUSTRAÇÃO FRÉDÉRIC-THÉODORE LIX (1864)

A CARTA ROUBADA

*"Nil sapientiae odiosius
acumine nimio."*[13]

Seneca

Em Paris, no ano 18, após uma tempestuosa e sombria noite de outono, eu aproveitava o luxo da meditação e de um bom cachimbo de espuma do mar[14] na companhia de meu amigo, C. Auguste Dupin. Passávamos o tempo em sua pequena biblioteca, ou sala de leitura, no terceiro andar do

---

13 "Nada é mais detestável à sabedoria do que demasiada esperteza." (N. da T.)
14 Cachimbo feito de silicato hidratado de magnésio, um material leve e esbranquiçado. (N. da T.)

prédio 33, na Rua Dunôt, no bairro de Saint-Germain. Por ao menos uma hora, mantivemo-nos em profundo silêncio. Aos olhos de qualquer observador, parecia que apenas nos ocupávamos de observar atentamente os redemoinhos de fumaça que pesavam na atmosfera do aposento. Quanto a mim, entretanto, discutia mentalmente algumas questões sobre as quais havíamos conversado no começo daquela noite — refiro-me ao caso da Rua Morgue e ao mistério que envolvia o assassinato de Marie Rogêt. À vista disso, julgo ter sido algum tipo de coincidência quando a porta de nosso apartamento se abriu à entrada de um velho conhecido, monsieur G — o comissário da polícia de Paris.

Recebemos o oficial com certa cordialidade, pois seu caráter divertido compensava seus aspectos desprezíveis. Além disso, não o víamos fazia muitos anos. Estávamos sentados no escuro, então Dupin levantou-se a fim de acender uma lâmpada, mas logo voltou a se sentar, deixando de concluir seu desígnio após G. dizer que nos visitava para consultar-nos — ou melhor, para pedir a opinião de meu amigo sobre alguns assuntos oficiais que tanto o atormentavam.

— Caso seja alguma ocorrência que exija reflexão — declarou Dupin, desistindo de acender o pavio —, será melhor examiná-la no escuro.

— Mais um de seus estranhos caprichos... — disse o comissário, com sua mania de definir como "estranho" tudo aquilo que fugia de sua compreensão. Acreditava estar sempre rodeado por um mundo de "estranhezas".

— Exatamente — retrucou Dupin, enquanto oferecia um cachimbo ao visitante e arrastava uma confortável poltrona para perto dele.

— E qual o problema agora? — perguntei. — Espero que desta vez não seja nada relacionado a assassinatos.

— Oh, não! Nada disso! Na verdade, trata-se de um caso bem simples, e estou certo de que podemos resolvê-lo tranquilamente. No entanto, acredito que Dupin se interessaria por alguns dos pormenores, pois certos detalhes são bem estranhos.

— Compreendo. Simples e estranho — completou Dupin.

— Ah, sim... mas, ao mesmo tempo, não é exatamente isso. A verdade é que estamos todos intrigados, pois é um caso tão simples e, mesmo assim, ludibria nossa compreensão.

— Talvez seja a própria simplicidade que os induz ao erro — disse meu amigo.

— Ora, que bobagem! — exclamou o comissário, rindo cordialmente.

— Talvez o mistério seja simples demais — acrescentou Dupin.

— Oh, céus! Quem já ouviu tal ideia?

— Talvez esteja muito evidente.

— Ah, ah, ah! Ah, ah, ah! — gargalhou o visitante, divertindo-se muito. — Oh, Dupin, você ainda vai me matar de rir!

— E, afinal, qual é o assunto em questão? — perguntei.

— Ora, eu lhes direi — respondeu o comissário, ao tragar o cachimbo de maneira pensativa e se acomodar na poltrona. — Explicarei tudo em poucas palavras; mas, antes de começar, permita-me ressaltar que se trata de um assunto de extremo sigilo. Se descobrirem que o confiei a mais alguém, provavelmente perderei o posto que hoje ocupo.

— Prossiga — respondi.

— Ou não — completou Dupin.

— Bom, é o seguinte. Eu recebi algumas informações confidenciais de uma fonte de alto escalão de que um certo documento com a máxima importância foi roubado dos aposentos reais. Sabe-se quem o roubou; e quanto a isso não há dúvida, pois viram o indivíduo apossar-se dele. Sabe-se também que o documento permanece em poder do criminoso.

— E como sabem disso? — questionou Dupin.

— É informação que se deduz, claramente — respondeu o comissário —, pela natureza do documento e por não termos registro de nenhuma consequência que surgiria caso saísse das mãos do ladrão; isto é, se já tivesse utilizado para o fim planejado.

— Seja um pouco mais explícito — pedi.

— Bem, atrevo-me a dizer que o documento concede àquele que o possui um certo poder, num determinado contexto em que esse poder é imensamente valioso.

O comissário era adepto da ladainha diplomática.

— Ainda não compreendo de fato — disse Dupin.

— Não? Bom... a revelação desse documento a uma terceira pessoa, a qual devo manter em anonimato, questionaria a honra de uma personalidade do mais alto posto; e isto concede ao proprietário do documento um imenso poder sobre essa ilustre personalidade, cuja honra e tranquilidade estão sob ameaça.

— Mas esse poder só funciona caso o ladrão se revele e a pessoa roubada descubra sua identidade — intervim. — Quem se atreveria?

— O ladrão é o ministro D — revelou G —, que se submete a qualquer coisa, tanto a situações dignas quanto aos mais imorais atos. E, ressalto, o método do roubo não apenas foi engenhoso, como também ousado. O documento em questão — para ser mais específico, a carta em questão — foi recebido pela personalidade roubada quando se encontrava a sós em seus aposentos reais. Durante sua leitura cuidadosa, foi subitamente interrompida pela aparição de outra nobre personalidade, de quem particularmente desejava esconder a carta. Num sobressalto, tentou guardá-la na gaveta, mas seu ímpeto fora em vão e se viu obrigada a mantê-la como estava, aberta sobre a mesa. Para sua sorte, o endereçamento estava virado para cima, portanto, o conteúdo permaneceu resguardado e a carta passou despercebida. Porém, no momento subsequente, entra no quarto o ministro D, e seus olhos de tigre imediatamente notam o papel. O homem logo reconhece a letra do endereçamento e observa o incômodo no semblante da personalidade destinatária. Assim, em poucos segundos, capta o segredo. Então, enquanto trata de alguns negócios, apressado como sempre, rapidamente elabora uma carta semelhante àquela em questão. Em seguida, o homem desdobra o papel fajuto, finge ler seu conteúdo e o posiciona sobre a mesa, bem ao lado da carta original. Depois disso, volta a conversar sobre assuntos públicos durante uns 15 minutos. Por fim, ao retirar-se, retira também da mesa a carta que não lhe pertencia. Seu verdadeiro dono viu tudo, mas é claro que não se atreveu a chamar-lhe a atenção sobre o ato na presença da terceira pessoa, que se encontrava bem ao lado. Finalmente, o ministro desapareceu, deixando sobre a mesa a própria carta — de nenhum valor.

— É isso! — exclamou Dupin para mim. — É isso, exatamente o que precisava para que o poder funcionasse: o ladrão saber que a pessoa roubada conhece sua identidade.

— Sim — confirmou o comissário — e faz alguns meses que o poder conquistado dessa forma tem sido utilizado para fins políticos... até um ponto muito perigoso. A cada dia que passa, a personalidade roubada está mais convencida de que necessita recuperar a carta. Mas isso, é claro, não pode ser feito publicamente. Assim, tomada pelo desespero, incumbiu a mim a solução desse assunto.

— Ah, o senhor! — exclamou Dupin, em meio a um perfeito redemoinho de fumaça. — Suponho que não poderia cogitar outro agente mais sagaz que o senhor.

— O senhor me lisonjeia — retrucou o comissário —, mas é provável que a pessoa tenha de fato pensado algo assim.

— Bom, está claro, como o senhor mesmo destacou — disse eu —, que a carta ainda está nas mãos do ministro; visto que é sua posse, e não seu uso de fato, que lhe confere poder. Se usá-la, o poder se dissipa.

— Exato — confirmou G. — E foi com base nessa convicção que prossegui. Meu primeiro cuidado foi vasculhar meticulosamente o hotel onde mora o ministro. Nesse ponto, o maior inconveniente é a necessidade de investigar sem que o homem descubra. Além disso, avisaram-me sobre os perigos que posso enfrentar caso ele venha a suspeitar de nossos planos.

— Mas — interrompi o comissário — presumo que o senhor esteja bem habituado a esse tipo de investigação. A polícia parisiense já enfrentou vários casos como esse.

— Oh, claro, por isso mesmo não me desesperei. Os hábitos do ministro também me proporcionaram uma grande vantagem, pois ele geralmente passa a noite toda fora de casa. Seus criados não são numerosos e dormem a uma certa distância do apartamento do patrão — além do mais, são quase todos napolitanos, então não é tarefa difícil deixá-los embriagados. Como sabem, tenho chaves com as quais posso abrir qualquer sala ou aposento de Paris. Durante três meses, não houve sequer uma noite que eu não tenha passado vasculhando pessoalmente o hotel de D. Minha honra está em jogo, e lhes revelo um grande segredo: a recompensa é enorme. Por isso, não abandonei a investigação até ficar totalmente convencido de que o ladrão é realmente mais astuto que eu. Creio ter investigado cada canto e cada esconderijo em que o papel poderia estar escondido.

— Mas não seria possível que, embora a carta estivesse com o ministro, como definitivamente está, ele a tivesse escondido em outro lugar que não sua própria casa? — sugeri.

— É pouco provável — respondeu Dupin. — A situação delicada em que os negócios da corte se encontram, especialmente as intrigas nas quais D anda envolvido, faz com que o acesso imediato ao documento — isto é, a facilidade de poder ser apresentado imediatamente — seja tão importante quanto sua posse.

— A facilidade de ser apresentado? — indaguei.

— Sim, o que seria o mesmo que destruí-lo — respondeu Dupin.

— Realmente — concordei. — Então, não nos restam dúvidas de que o papel se encontra em seus aposentos. E está fora de questão deduzir que esteja junto ao próprio ministro, em suas vestimentas.

— Exatamente — concordou o comissário. — Já armei duas emboscadas para que fosse revistado por policiais disfarçados como batedores de carteira; inclusive, numa delas, passou por minha própria inspeção cautelosa.

— Poderia ter se poupado de todo esse trabalho — disse Dupin. — Suponho que D não seja um completo idiota e, nesse caso, deve ter considerado a possibilidade de algum tipo de revista.

— Não é um completo idiota — repetiu G —, mas é poeta... o que é quase a mesma coisa.

— Certo — replicou Dupin, reflexivo, após vagarosamente exalar a fumaça do cachimbo —, embora eu também seja culpado por alguns versos tolos. Enfim, sugiro que agora nos conte detalhadamente os pormenores da investigação.

— Veja, levamos um bom tempo para vasculhar *todos* os cantos que possa imaginar. Tenho experiência de longa data nesse tipo de busca. Perscrutei todo o prédio, quarto por quarto, dedicando as noites de uma semana inteira para cada um. Começamos examinando a mobília de cada aposento. Abrimos todas as gavetas possíveis, e acredito que os senhores saibam que, para um agente policial bem treinado, não há gaveta que seja secreta. Numa inspeção como essa, seria um grande tolo aquele que permitisse que uma gaveta "secreta" passasse despercebida. Trata-se de um objeto tão simples! Tem uma espessura específica — um espaço específico —, que devemos levar em conta ao vasculhar cada armário. Além disso, dispomos de regras minuciosas. Nem mesmo a quinquagésima parte de uma linha escaparia de nossa perícia. Depois dos armários, partimos para as cadeiras. Os assentos almofadados, nós sondamos com longas agulhas finas, fazendo uso daquele método que os senhores já me viram empregar. Já no caso das mesas, removemos seus tampos.

— Para quê? — questionei.

— Às vezes, o tampo da mesa, ou de outro móvel semelhante, é retirado por quem queira esconder algo. Então a pessoa perfura a perna, enfia o objeto dentro da cavidade e depois recoloca o tampo. Podem fazer o mesmo com a parte de cima ou de baixo da coluna de uma cama.

— Mas essa cavidade oca não poderia ser detectada por meio do som? — indaguei.

— De modo algum, já que o objeto escondido pode ter sido envolvido por um chumaço de algodão. Além do mais, nesse caso, fomos obrigados a agir em completo silêncio.

— Mas não é possível que tenham removido... não podem ter desmontado todas as peças de cada um dos móveis nos quais a carta pode ter sido escondida dessa forma que o senhor mencionou. Uma folha de papel pode ser enrolada num canudo fino, semelhante em volume e tamanho a uma agulha de tricô. Desse modo, seria fácil inseri-la na travessa de uma cadeira, por exemplo. Vocês não desmontaram *todas* as partes de *todas* as cadeiras, não é mesmo?

— Mas é claro que não. Nós fizemos melhor: utilizamos um poderoso microscópio para examinar todas as travessas de todas as cadeiras do hotel; até mesmo as juntas de cada um dos móveis. Se houvesse algum traço de recente alteração, certamente identificaríamos. Um único grão de pó de verruma, por exemplo, seria tão evidente quanto um elefante. Para detectar algo de estranho, bastaria qualquer modificação na cola, qualquer risco inco-mum nas juntas.

— Presumo que também examinaram os espelhos, aquele espaço entre a tábua e o vidro; além das camas, roupas de cama, cortinas e carpetes — perguntou Dupin.

— Precisamente! E, após esmiuçar cada partícula da mobília, partimos para a investigação da casa em si. Dividimos todas as superfícies em partes enumeradas, do chão às paredes; assim, nem um milímetro seria esquecido. Em seguida, utilizamos o microscópio para analisar individualmente cada detalhe dessas repartições, vasculhando os cômodos de cabo a rabo — inclusive as casas contíguas.

— As duas casas contíguas!? — exclamei, espantado.
— Devem ter tido muito trabalho.

— E como tivemos! Mas a recompensa oferecida faz qualquer esforço valer a pena.

— Incluíram também o terreno em torno das casas?

— Toda a área externa é pavimentada com tijolos. Em comparação às etapas anteriores, foi o local que menos demandou atenção. Examinamos o musgo que cresce entre os tijolos, mas não encontramos nenhum indício suspeito.

— Naturalmente, também vasculharam a papelada de D, mas e os livros da biblioteca? — questionou Dupin.

— Seguramente! Abrimos todos os pacotes e envelopes encontrados. Já na biblioteca, não nos contentamos em apenas chacoalhar cada um dos livros, como é costume entre alguns policiais, e sim folheamos página por página. Também aferimos a espessura das capas por meio de um

HISTÓRIAS EXTRAORDINÁRIAS

rigoroso método de medição e submetemos cada uma delas à análise microscópica. É impossível que qualquer encadernação com sinais de modificação recente tenha escapado ao nosso minucioso exame. Inclusive, seis ou quatro livros recém-chegados do encadernador foram detalhadamente examinados, com o uso de agulhas no sentido longitudinal.

— E quanto ao assoalho debaixo dos carpetes?

— Não tenha dúvidas. Retiramos todo o carpete e examinamos as tábuas do assoalho com microscópio.

— E os papéis de parede?

— Também.

— Atentaram-se ao porão?

— Certamente.

— Então os senhores se enganaram e a carta não está no hotel, como supõem — concluí.

— Temo que o senhor tenha razão — concordou o comissário. — E agora, Dupin? O que o senhor me aconselha a fazer?

— Sugiro outra busca completa na casa.

— Mas isso é completamente inútil! — replicou G. — Estou tão certo de que respiro quanto estou certo de que a carta definitivamente não está no hotel.

— Não tenho conselho melhor que esse. O senhor certamente possui uma descrição fidedigna da carta, não é?

EDGAR ALLAN POE

— Mas é claro!

No momento seguinte, sacando do bolso um memorando, o comissário se pôs a ler em voz alta a descrição do conteúdo interno e, especialmente, da aparência externa do documento perdido. Logo após a leitura, partiu deprimido como eu jamais o vira.

Decorrido certa de um mês, retornou à nossa casa e nos flagrou dedicados à mesma ocupação da visita anterior. Ao entrar, já apanhou um cachimbo e uma poltrona e se pôs a conversar sobre assuntos triviais. Decorrido algum tempo, toquei no assunto.

— E então, G, o que se sucedeu com a carta roubada? Presumo que tenha finalmente se convencido de que não é tarefa fácil derrotar o ministro.

— Dane-se o ministro! Sim, realizei uma segunda inspeção, como Dupin sugeriu. E é claro que foi tempo perdido, como eu bem sabia!

— E qual é a recompensa que o senhor havia mencionado? — perguntou Dupin.

— Ora... é uma recompensa das boas. Muito generosa! Mas prefiro não revelar valores exatos. Limito-me a apenas dizer que não hesitaria em conceder um cheque de 50 mil francos àquele que entregasse a carta em minhas mãos. A verdade é que, a cada dia que passa, ela se torna mais importante;

e a recompensa foi recentemente dobrada. Enfim, mesmo que fosse triplicada, eu não poderia fazer mais do que já fiz.

— É, de fato... — respondeu Dupin, arrastando as palavras enquanto tragava a fumaça de seu cachimbo. — Eu realmente acho, G... que não se esforçou ao máximo... neste caso... creio que... poderia tentar um pouco mais, não é?

— Como? De que maneira?

Exalando a fumaça, Dupin prosseguiu:

— Bom... poderia apelar para... uma outra consulta... O senhor se lembra da história que contam sobre Abernethy?

— Não! Que vá para o inferno Abernethy!

— Concordo! Que vá para o inferno e o diabo o receba. Mas era uma vez um certo rico avarento que tentou tirar vantagem das opiniões médicas de Abernethy. Com esse propósito já em mente, trouxe à tona o assunto numa conversa entre amigos, insinuando seu próprio caso ao médico, como se fosse o de uma suposta pessoa imaginária. O sovina disse: "'Supondo' que os sintomas sejam tais e tais... nesse caso, o que o doutor indicaria para o paciente tomar?" De imediato, Abernethy respondeu: "Prescreveria que tome! Tome vergonha na cara e me pague por uma consulta!"

— Mas... — respondeu o comissário, meio sem jeito — ...estou realmente disposto a pedir um conselho e pagar por isso. Realmente daria 50 mil francos a quem quer que me ajudasse a solucionar esse mistério.

— Bom, nesse caso — respondeu Dupin, abrindo uma gaveta e retirando um talão de cheques —, pode preencher um cheque com a quantia mencionada. Quando assiná-lo, entrego-lhe a carta.

Fiquei perplexo. Parecia que o comissário tinha sido atingido por um raio. Por alguns minutos, permaneceu imóvel e boquiaberto, totalmente incrédulo. Os olhos que pareciam saltar das órbitas encaravam meu amigo em completo silêncio. Assim que finalmente começou a recuperar os sentidos, apanhou uma caneta e, após várias pausas e olhares vazios, preencheu e assinou o cheque de 50 mil francos, entregando-o a Dupin do outro lado da mesa. Este o examinou atentamente e o guardou na carteira. Em seguida, abriu uma escrivaninha, retirou dela uma carta e entregou-a ao comissário. Com um espasmo de emoção, o funcionário da polícia parisiense apanhou-a imediatamente, conferiu de relance seu conteúdo e se pôs a correr esbaforido em direção à porta, deixando o gabinete e saindo da casa sem nenhuma cerimônia, em completo silêncio desde que Dupin lhe pedira para preencher o cheque.

Depois de sua partida, meu amigo explicou-me o ocorrido.

— A polícia parisiense — disse — é extremamente habilidosa à sua maneira. Os agentes são perseverantes, engenhosos, astutos e plenamente versados nos assuntos que suas obrigações parecem demandar. Por isso, quando G nos relatou em detalhes seu método de busca nas dependências do hotel de D, não tive dúvidas quanto à excelência da investigação — até o ponto que seu trabalho alcançou.

— Até o ponto que seu trabalho alcançou? — questionei, intrigado.

— Sim — respondeu Dupin —, as medidas adotadas não eram das melhores, mas certamente foram executadas com perfeição. Se a carta estivesse dentro do perímetro de busca, não há dúvidas de que os rapazes a teriam encontrado.

Simplesmente ri, mas Dupin parecia muito sério em suas constatações.

— Desse modo, as medidas tomadas — prosseguiu — foram boas naquele contexto. O problema residia no fato de que não eram aplicáveis ao caso, tampouco ao ministro. Um certo conjunto de instrumentos engenhosos é utilizado pelo comissário como uma espécie de leito de Procusto[15], ao qual ele adapta à força todos os seus métodos. Dessa forma,

---

15 Procusto era um gigante da mitologia grega, que recebia hóspedes em uma estalagem em Ática, na qual trabalhava. À noite, a estadia transformava-se em horror para os viajantes, que eram amarrados e amordaçados durante seu sono e, caso não coubessem na cama, o gigante cortava-lhes os membros. Porém, se a vítima fosse menor que o leito, ele lhe quebrava os ossos para ajustar o tamanho à cama. A síndrome de Procusto que o autor menciona consiste em querer impor um certo padrão ou fazer algo se adequar a uma matriz preestabelecida. (N. da T.)

ele se mantém num eterno ciclo de erros, entregando-se demasiadamente a determinadas questões e mantendo-se na superfície de outras. Infelizmente, até mesmo crianças são capazes de raciocinar melhor do que ele. Certa vez, conheci um garotinho de apenas 8 anos cujas adivinhações no "par ou ímpar" fizeram sucesso mundial. É uma brincadeira simples, jogada com bolinhas. Funciona assim: um jogador tem em mãos um certo número dessas bolinhas e pergunta ao outro se a quantidade é par ou ímpar. Se acertar o palpite, ganha uma bolinha; se errar, perde uma. O menino a quem me refiro ganhou todas as bolinhas de gude da escola. Naturalmente, desenvolveu algum método de adivinhação baseado na simples observação e análise da astúcia de seus oponentes. Por exemplo, supomos que seu adversário seja um tolo, que, com a mão fechada, pergunta-lhe "par ou ímpar". Caso nosso garoto responda "ímpar" e perca, na segunda vez ele certamente ganharia, pois pensaria "esse bobalhão colocou par na primeira vez e só é esperto o suficiente para colocar ímpar na segunda; então, direi ímpar". Então, aposta no ímpar e ganha. Agora, com um tolo um pouco mais esperto, teria pensado assim: "Esse garoto sabe que, na primeira tentativa, chutei ímpar e, na segunda, terá o impulso de variar de ímpar para par, como fez o primeiro bobalhão. Mas acredito que pensará melhor e perceberá que essa seria uma variação óbvia demais, então finalmente resolverá apostar no par, como antes fizera. Eu, portanto, direi par". Nosso menino diz par e vence. Bom, esse método de raciocínio do garoto, chamado de "sorte" pelos colegas, do que se trata, em última instância?

— É simplesmente uma identificação da competência intelectual de seu oponente — respondi.

— De fato — concordou Dupin. — E, quando lhe perguntei como efetuava essa esplêndida identificação que lhe garantia tanto sucesso, recebi a seguinte resposta: "Quando quero descobrir o que alguém está pensando, ou deduzir o quanto é esperto ou estúpido, bom ou mau, faço a mesma expressão da pessoa, tentando ser o mais fiel possível. Assim, é só esperar quais pensamentos ou sentimentos me vêm à mente ou ao coração para combinar ou corresponder àquela expressão".

Essa resposta do garotinho parte do mesmo fundamento de qualquer suposta complexidade atribuída a pensadores como Rochefoucauld, La Bruyère, Maquiavel e Campanella.

— Então, se bem entendi, a previsão da jogada de seu oponente depende do rigor pelo qual suas capacidades intelectuais foram medidas — concluí.

— Na prática, depende exatamente disso — respondeu Dupin. — E, se o comissário e sua tropa têm fracassado tanto, o primeiro problema se encontra na falta dessa identificação, e o segundo, na aferição equivocada; ou melhor, na inexistência da aferição intelectual de seus suspeitos. Só consideram suas próprias ideias engenhosas; e, ao procurar qualquer coisa escondida, apenas pressupõem os métodos pelos quais a teriam escondido. Acertam apenas num ponto: essa engenhosidade-padrão representa fielmente o pensamento da massa; mas, quando se trata de um criminoso cuja astúcia difere da deles, o sujeito naturalmente os engana. Isso sempre ocorre quando este é mais perspicaz que a própria polícia e, às vezes, quando é menos. O fato é que não variam seus princípios de investigação. No máximo, quando são instigados por alguma emergência insólita, ou por uma recompensa extraordinária, ampliam ou exageram seus antigos métodos, sem repensar os fundamentos. Veja, por exemplo, no caso de D, o que fizeram para variar os princípios na maneira de agir? O que são todas essas perfurações, e inspeções, e sondagens, e análises microscópicas e divisões da superfície do edifício em milímetros? O que é tudo isso senão exageros na aplicação de apenas um princípio de busca ou de um conjunto específico de princípios, baseado em escassas pressuposições sobre a engenhosidade humana, às quais o comissário tem se habituado ao longo de seus tantos anos de experiência? O senhor viu como ele assume como certo, sem questionar, o fato de que *qualquer* pessoa que queira esconder uma carta escolherá, se não um orifício perfurado na perna de uma cadeira, ao menos uma cavidade ou algum canto, motivada pelo mesmo conjunto de ideias que a levaria a escondê-la na perna da cadeira? E o senhor compreende que tais esconderijos rebuscados apenas seriam utilizados em situações ordinárias, por inteligências medíocres? Porque é óbvio que, em todos os casos de ocultação, o esconderijo do objeto — isto é, esse tipo rebuscado de esconderijo — é o primeiro a ser presumido. Logo, a descoberta não depende da perspicácia daquele que a procura, mas do seu simples cuidado, paciência e determinação. Enfim, quando se trata de um caso de grande importância — ou que seja assim encarado pelos homens da lei, devido ao valor da recompensa —, esses atributos jamais fracassam. Agora o senhor compreenderá o que eu quis dizer ao afirmar que, se a carta roubada estivesse em qualquer lugar dentro do perímetro de busca do comissário — ou, em outras palavras, se o princípio do criminoso estivesse compreendido nos princípios do comissário —, sua descoberta estaria garantida. O representante da polícia, no entanto, enganou-se por completo, e a fonte remota do seu fracasso reside na suposição de que o ministro é estúpido, pois tem a reputação de ser poeta. "Todos os poetas são estúpidos", pensa o comissário. Assim, nesse caso, é culpado por uma *non distributio medii*[16] ao inferir que todos os poetas são idiotas.

---

16 "Falácia do termo médio não distribuído". Significa que o termo médio de duas premissas de um silogismo não abrange todos os indivíduos da categoria à qual ele se refere. Por exemplo, se todos os baianos são extrovertidos, e todos os jovens são extrovertidos, então todos os jovens são baianos. Não necessariamente, afinal eles só compartilham de um mesmo traço de personalidade. Da mesma forma, o comissário erroneamente deduziu que todos os poetas são estúpidos. (N. da T.)

— Mas o ministro é realmente poeta? — perguntei. — Pelo que sei, são dois irmãos, e ambos adquiriram renome no campo das letras. O ministro, creio eu, destacou-se ao escrever sobre cálculo diferencial. É matemático e não poeta.

— Está enganado, meu amigo. Conheço-o bem, ele é ambas as coisas. Como poeta e matemático, raciocinaria muito bem; como mero matemático, não raciocinaria de modo algum e, assim, ficaria à mercê do comissário.

— Essas opiniões tão contrárias ao resto do mundo me surpreendem — respondi. — Caro amigo... o senhor não pretende arruinar uma ideia há séculos amadurecida. Há muito tempo que a lógica matemática tem sido considerada a razão por excelência.

— "*Il y a à parièr que toute idée publique, toute convention reçue est une sottise, car elle a convenue au plus grand nombre*"[17] — respondeu Dupin citando Chamfort. — Admito que os matemáticos fizeram de tudo para propagar o erro tão comum ao qual o senhor se refere e que não deixa de ser erro por ter sido divulgado como verdade absoluta. Como se fosse uma arte digna de melhor apreço, eles associaram o termo "análise" ao uso exclusivo da álgebra. Os franceses são os precursores desse específico engano; mas, se um termo possui alguma importância, se o valor das palavras deriva de sua

---

17 "Pode-se apostar que toda ideia pública e toda convenção aceita é uma estupidez, visto que convém à maioria." (N. da T.)

aplicabilidade, então "análise" significa "álgebra", da mesma forma que, em latim, "*ambitus*" implica ambição, "*religio*" é religião e "*homines honesti*" é um grupo de "homens honrados".

— Vejo que o senhor está se metendo em briga de cachorro grande — concluí. — Os algebristas de Paris ficariam enfurecidos com tais afirmações.

— Ponho à prova a validez e, consequentemente, o valor de uma razão que tem sido cultivada por meio de um raciocínio estapafúrdio, que foge à lógica abstrata. Ponho à prova, sobretudo, a lógica induzida pelo estudo matemático. A matemática é a ciência da forma e da quantidade; por conseguinte, o raciocínio matemático não é nada mais que a lógica aplicada à observação da forma e da quantidade. O grande erro consiste em supor que até mesmo as verdades daquilo que se denomina "álgebra pura" seriam verdades universais. E esse erro é tão prejudicial que fico perplexo diante da unanimidade com a qual tem sido recebido. Axiomas matemáticos não são axiomas da verdade universal. Por exemplo, as regras que valem para a relação entre forma e quantidade são geralmente muito falhas à aplicação moral. Nesta última ciência, são raras as vezes em que a soma das partes seja equivalente ao todo. Na química, esse axioma também é falho. O mesmo erro ocorre se aplicado à força motriz, visto que dois motores, cada um com uma potência específica, não possuem necessariamente o resultado da soma de suas forças quando associadas. Há tantas outras verdades matemáticas que só são válidas quando aplicadas dentro dos limites da relação forma-quantidade. No entanto, os matemáticos estão habituados a argumentar a partir de suas verdades finitas, como se suas aplicabilidades fossem absolutas e gerais — e fazem com que o mundo todo acredite que de fato são. Bryant, em sua erudita obra *Mitologia*, menciona um falso fundamento muito análogo a esse, afirmando que "embora ninguém acredite de fato nas fábulas pagãs, constantemente nos esquecemos disso e acabamos fazendo inferências a partir delas, como se fossem realidades concretas". Do mesmo modo, para os algebristas — que são os próprios pagãos —, as fábulas pagãs são dignas de reconhecimento, e as inferências não são feitas exatamente por lapsos de memória, mas por uma incompreensível confusão mental. Em suma, nunca encontrei um único matemático em quem pudesse confiar para além de suas raízes e cálculos. Nunca me deparei com algum que não tivesse como objeto de fé que x^2+px é, com certeza absoluta e incondicional, igual a q. Se quiser fazer um experimento, diga a um desses senhores que há casos nos quais x^2+px não é exatamente igual a q. Depois de ter-lhe feito compreender o que quis dizer com tal afirmação, fuja o mais rápido possível, porque ele certamente lhe dará uma surra.

"Meu ponto é", prosseguiu Dupin, enquanto tudo que eu fazia era rir de suas últimas observações, "se o ministro não fosse nada além de um simples matemático, o comissário não precisaria me entregar este cheque. Entretanto, o vi como matemático e poeta, então adaptei meus métodos à sua capacidade, levando em conta as circunstâncias em que se encontrava. Também considerei que é membro da corte, mas, acima de tudo, um homem intrigante e audacioso. Uma pessoa como ele não ignoraria o *modus operandi* da polícia. Ele não deixaria de se precaver contra as emboscadas às quais estava sujeito; e, como nos mostraram os acontecimentos, ele realmente se precaveu. Com isso, concluí que o criminoso também devia ter previsto as buscas secretas em sua propriedade. Para mim, suas frequentes saídas noturnas, vistas pelo comissário como pontos positivos na operação, eram apenas falcatruas para que a polícia realizasse uma investigação completa e logo chegasse à conclusão de que a carta não se encontrava em seus aposentos — como, de fato, ocorreu. Também percebi que toda essa sequência lógica de reflexão sobre a polícia — a qual tive certa dificuldade em lhe explicar agora há pouco —, essa compreensão dos princípios imutáveis na busca policial por objetos escondidos, percebi que devia, necessariamente, ter passado pela mente do ministro. Assim, essa tomada de consciência o levaria a desprezar qualquer esconderijo corriqueiro. Ele não seria tão ingênuo a ponto de não perceber que, aos olhos, sondas, verrumas e microscópios do comissário, o mais complexo e remoto lugar do hotel seria tão visível quanto seus armários mais acessíveis. Enfim, compreendi que ele seria intuitivamente levado à simplicidade; isto é, se não tivesse deliberadamente recorrido a essa escolha. Talvez você se lembre de como o comissário riu desesperado quando sugeri, na sua primeira visita, que havia chances de o mistério incomodá-lo tanto por ser deveras evidente?

—Sim—concordei—, bem me recordo de sua euforia. Cheguei a pensar que o homem estava tendo convulsões, de tanto que ria.

— O mundo material — prosseguiu Dupin — compartilha muitas analogias com o mundo imaterial; por esse motivo, um aspecto de verdade foi atribuído a esse dogma retórico a fim de que a metáfora, ou a símile, pudesse fortalecer um argumento ou embelezar uma descrição. O princípio da *vis inertiae,* por exemplo, parece ser o mesmo tanto na física quanto na metafísica. Para esta, é igualmente válida a verdade física de que é mais difícil mover um corpo de maior massa que um menor; do mesmo modo, também é válido o fato de que seu *momentum* é proporcional a essa dificuldade. Portanto, para a metafísica, esse mesmo princípio explicaria o fato de que intelectos com maior capacidade, embora mais potentes, constantes e inquietos que aqueles de menor grau, são mais difíceis de serem movidos, e mais tímidos e hesitantes serão os primeiros passos de seu progresso. Novamente: o senhor já reparou quais são os anúncios de rua, aqueles sobre as portas das lojas, que mais chamam a atenção?

— Jamais me atentei a isso — respondi.

— Imagine que há um jogo de enigmas — resumiu — que se brinca sobre um mapa. Um dos jogadores pede ao outro que encontre determinada palavra: por exemplo, um nome de cidade, um rio, um estado ou um império... Isto é, qualquer palavra que esteja na miscelânia de informações confusas que compõem o mapa. Um novato no jogo geralmente procura prejudicar seus oponentes escolhendo palavras grafadas em letras menores; porém, aqueles mais adeptos ao jogo selecionam palavras com caracteres grandes, que se estendem de um lado ao outro do mapa. Essas palavras, assim como os anúncios de lojas e os letreiros excessivamente grandes, escapam à observação por serem óbvias demais. Nesse caso, a distração material é estritamente análoga ao lapso moral que induz o intelecto a ignorar questões bastante evidentes e notáveis. Mas, aparentemente, esse é um fato que foge à compreensão do comissário. Ele jamais considerou provável, ou possível, que o ministro tivesse escondido a carta debaixo do nariz de todo mundo a fim de evitar que toda essa gente a encontrasse. Mas, quanto mais eu refletia sobre a audaciosa, refinada e magnífica engenhosidade de D — considerando que o documento provavelmente estava a seu alcance, se porventura precisasse utilizá-lo, e que não se encontrava no perímetro daquela busca-padrão do comissário —, mais me convencia de que o ministro, para esconder a carta, havia recorrido à compreensível e sagaz missão de nem ao menos tentar escondê-la.

"Tomado por essas ideias, numa bela manhã, coloquei meus óculos verdes e procurei o criminoso em seu apartamento, como quem não queria nada. Encontrei D em casa, bocejando, relaxando e enrolando como sempre. Fingia estar tomado pelo mais intenso tédio. Ele provavelmente é a pessoa mais energética e ativa do mundo — mas apenas quando ninguém o vê."

"Para me igualar ao seu ânimo, queixei-me da vista fraca e lamentei a necessidade de usar óculos — com os quais eu minuciosamente analisava todo o cômodo, enquanto fingia dedicar-me apenas à conversa com o anfitrião do lugar. Num certo momento, uma grande mesa de escritório ao seu lado cativou minha atenção; em particular, a bagunça de cartas e papéis aleatórios espalhados sobre ela, junto a um ou dois instrumentos musicais e alguns livros. Depois de um longo e meticuloso exame, no entanto, não encontrei nenhum indício que pudesse levantar suspeitas."

"Por fim, ao vascular toda a extensão do quarto só como o olhar, fui atraído por um vistoso porta-cartas de papelão, todo ornamentado com filigranas e dependurado numa fita azul empoeirada, que se encontrava amarrada a uma saliência de metal bem no meio da cornija da lareira. Nos três ou quatro compartimentos do porta-cartas, havia cinco ou seis cartões de visita e uma carta solitária. Esta última estava visivelmente suja, amassada e quase rasgada ao meio. Parecia que alguém, por um impulso momentâneo, havia começado a rasgá-la como um objeto sem valor; mas, na metade do processo, acabou repensando seu ato e mudou de opinião. Tinha um grande selo negro, com a inicial de D bem evidente, e estava endereçada ao próprio ministro, com uma caligrafia diminuta e feminina. Parecia ter sido enfiada no compartimento de maneira descuidada, como se tivesse sido largada com desdém numa das divisões superiores do porta-cartas."

"No exato momento em que fitei a carta, soube que se tratava daquela que procurava. Na verdade, tudo indicava que era totalmente diferente da carta descrita de maneira tão minuciosa no memorando que o comissário nos havia apresentado. Naquela diante de mim, o selo era grande e negro, com um D estampado; já na original, o selo descrito era vermelho e pequeno, com o brasão ducal da família S. Naquela, o endereçamento ao ministro, com grafia diminuta e feminina; na outra, a inscrição endereçada a um membro da realeza, notoriamente ousada e incisiva. O tamanho era a única semelhança aproximada entre as duas. Por outro lado, as radicais diferenças entre ambas, exageradamente excessivas, além do aspecto sujo, manchado e amassado do papel, tão inconsistente com os hábitos metódicos do ministro D, sugeriam uma clara intenção de enganar quem a visse, dando a ideia de que se tratava de um documento sem valor algum. Todos esses fatores — aliados à posição escancarada do documento, bem diante da vista de qualquer visitante, como eu bem suspeitava — foram decisivos para corroborar as suspeitas de alguém que, como eu, já suspeitava."

"Tentei prolongar minha visita ao máximo e, enquanto mantinha uma agitada conversa com o ministro, sobre assuntos que sabia ser de seu interesse e que jamais deixariam de animá-lo, mantive minha atenção cravada na carta. Durante esse exame, esforcei-me para decorar sua aparência externa e sua disposição no porta-cartas. Por fim, cheguei a uma descoberta que fez cair por terra qualquer dúvida que ainda me perturbasse. Ao analisar atentamente as bordas do papel, percebi que estavam mais desgastadas do que o normal e apresentavam avarias muito semelhantes a um papel rígido, que, após ter sido dobrado e pressionado dentro de uma pasta, é dobrado novamente no sentido avesso, sobre as mesmas marcas da dobra inicial. Essa descoberta pôs um ponto final na investigação. Para mim, ficou evidente que o ministro havia virado o envelope de dentro para fora, como uma luva do avesso, e posto um endereçamento e um selo novo. Depois disso, despedi-me do criminoso e parti, deixando uma caixa de rapé dourada sobre a mesa."

"Na manhã seguinte, voltei em busca da caixa que lá deixara; e logo retomamos, bastante entusiasmados, a conversa do dia precedente. Enquanto discutíamos, fomos surpreendidos por um estrondo, como de uma pistola sendo disparada defronte às janelas do hotel, sucedido por uma série de gritos apavorados e pelo alarido de uma multidão. D se apressou em direção à janela, abriu-a e olhou para baixo. Enquanto isso, aproximei-me do porta-cartas, apanhei o documento e o meti no bolso, substituindo-o por um fac-símile. Essa réplica, por mim confeccionada na noite anterior, assemelhava-se à aparência externa manipulada pelo ministro, com a inicial de D estampada num selo feito de miolo de pão."

"O alvoroço na rua fora causado por um homem desvairado, que disparava um mosquete em meio a mulheres e crianças. No entanto, algum tempo depois, descobriram que a arma não estava carregada, e assim deixaram o homem seguir seu rumo, como um lunático ou um bêbado inconsequente. Assim que o arruaceiro partiu, D se distanciou da janela — da qual eu também havia me aproximado, imediatamente após tomar posse da carta roubada. Sem mais delongas, despedi-me dele. Quanto ao suposto lunático, tratava-se de um homem a meu serviço."

— Mas o que pretendia o senhor ao substituir a carta por um fac-símile? — perguntei. — Não teria sido mais fácil tomá-la logo na primeira visita e ido embora?

— O ministro D — respondeu Dupin — é um homem audacioso e está desesperado. Além disso, o hotel está repleto de criados fiéis aos seus interesses. Caso executasse esse arriscado método que o senhor sugere, havia grandes chances de que não conseguiria sair com vida dos aposentos ministeriais. A boa gente de Paris sequer teria qualquer notícia minha. Mas, para além dessas considerações, eu tinha em vista uma outra finalidade. O senhor bem sabe quais são minhas convicções políticas. Nesse caso, agi como partidário à senhora em questão. Por 18 meses, o ministro a teve em suas mãos. Agora, é ela quem o tem — pois o criminoso, sem saber que a carta não está mais em sua posse, continuará agindo como antes. Assim, inevitavelmente caminha rumo à própria ruína política, e sua queda será tão precipitada quanto desastrosa. Muito se fala sobre a *facilis descensus Averni*;[18] mas, em todos os tipos de escalada, como diz Catalani sobre

---

18 Referência à citação de Virgílio: "É fácil a descida ao inferno" (N. da T.)

o canto, é muito mais fácil subir do que descer. Na atual circunstância, não nutro simpatia alguma, tampouco pena, por aquele que desce. Ele é o típico *monstrum horrendum;* um homem engenhoso e sem princípios. Confesso, entretanto, que gostaria de saber o caráter exato de seus pensamentos quando, desafiado por aquela a quem o comissário se refere como "uma ilustre personalidade", resolver abrir o envelope que deixei em seu porta-cartas.

— Como assim? Não me diga que o senhor deixou algo em particular?

— Bom... não me parecia correto deixar o interior vazio. Teria sido um insulto. Certa vez, em Viena, D me pregou uma peça; e eu lhe disse, bem-humorado, que não me esqueceria daquilo. Então, como eu sabia que o ministro ficaria curioso sobre a identidade daquele que o enganara, pensei que seria uma pena não lhe dar uma pista. Como o homem é bem familiarizado à minha caligrafia, apenas copiei numa folha em branco as seguintes palavras: "*Un dessein si funeste / S'il n'est digne d'Atrée, est digne de Thyeste*".[19] Essa passagem pode ser encontrada em *Atrée et Thyeste*, de Crébillon.

---

19 "Um propósito tão funesto que / Se não digno de Atreu, é digno de Tiestes." (N. da T.)

ILUSTRAÇÃO HARRY CLARKE (1919)

MANUSCRITOS ENCONTRADOS NUMA GARRAFA[20]

*"Qui n'a plus qu'un moment a vivre
N'a plus rien a dissimuler."*[21]

Quinault, Lully — Atys

De minha terra e minha família, tenho pouco a dizer. Péssimos hábitos e o passar dos anos me afastaram

---

20 Manuscritos Encontrados numa Garrafa foi publicado originalmente em 1813; mas só após alguns anos tomei conhecimento dos mapas de Mercator, nos quais o oceano é representado como se escoasse de quatro bocas em direção ao Golfo Polar, para ser absorvido pelas entranhas da Terra. Aliás, o próprio Polo é representado por uma rocha negra proeminente, que se eleva a uma imensa altura. (N. do A.)

21 Da ópera trágica *Atys* (1676), de autoria dos franceses Philippe Quinault e Jean-Baptiste Lully: "Quem só tem um momento de vida / Nada mais tem a esconder". (N. da T.)

de uma e me separaram da outra. A riqueza hereditária me proporcionou uma educação excepcional, e uma mente contemplativa me possibilitou sistematizar todo o repertório acumulado graças ao estudo precoce e dedicado. As teorias dos moralistas alemães davam-me mais prazer que qualquer outra coisa — não devido a algum tipo de admiração insensata por toda aquela loucura eloquente, mas pela facilidade com que minha rígida maneira de pensar permitia-me detectar as falsidades deles. Muitas vezes fui repreendido pela austeridade de minha inteligência, e uma deficiência de imaginação foi-me imputada como crime; mas o Pirronismo[22] de minhas opiniões fez-me sempre notório. De fato, temo que um forte apego à filosofia natural contaminou minha mente com um erro deveras comum nesses tempos — refiro-me ao hábito de submeter qualquer evento aos princípios dessa ciência, inclusive os menos suscetíveis a tal abordagem. Desse modo, ninguém poderia ser menos propenso que eu a se deixar levar para longe das rigorosas fronteiras da verdade em direção aos fogos-fátuos da superstição. Enfim, presumi que seria apropriado apresentar essa breve introdução a fim de que a incrível história que contarei a seguir seja lida como o delírio

---

22 Doutrina desenvolvida pelo filósofo grego Pirro de Élida (365-275 a.C.). O Pirronismo serviu como base para a criação de uma escola filosófica, o ceticismo, cujos fundamentos partem da busca por um estado permanente de dúvida, recusando a aceitação de qualquer tipo de dogma ou verdade inquestionável. (N. da T.)

HISTÓRIAS EXTRAORDINÁRIAS

de uma imaginação rigorosa e não como a experiência real de uma mente cujos devaneios fantasiosos foram cartas perdidas e insignificantes.

Após anos de viagem mundo afora, no ano 18, embarquei no porto de Batávia, na rica e populosa ilha de Java, rumo às Ilhas de Sonda. Viajei como passageiro, motivado por nenhuma outra razão além do inquietante nervosismo que me assombrava como um demônio.

A embarcação era um belo navio de aproximadamente 400 toneladas, revestido de cobre e construído em Bombaim, com madeira teca de Malar. Transportava ramos de algodão e óleo, ambos trazidos das Ilhas Laquedivas. A bordo, também havia fibra de coco, açúcar mascavo, manteiga clarificada, cocos e algumas caixas de ópio. Como os produtos foram armazenados de maneira desleixada, a embarcação pendia para um lado.

Partimos com uma leve brisa e por vários dias permanecemos ao longo da costa de Java, sem nenhum incidente que dissipasse a monotonia do trajeto além dos ocasionais encontros com ghurabs –embarcações peculiares características daquele arquipélago para o qual nos dirigíamos.

Num fim de tarde, debruçado sobre o balaústre da popa, observei uma nuvem muito específica e isolada a noroeste. Era extraordinária, tanto pela cor quanto por ser a primeira avistada desde o embarque em Batavia. Observei-a atentamente até o pôr do sol, quando se espalhou de uma vez só, de leste a oeste, cortando o horizonte com uma estreita linha de vapor, semelhante à costa de uma praia distante. No momento seguinte, minha atenção voltou-se à aparência avermelhada da lua e ao aspecto singular do mar — este passava por uma rápida mudança, e a água parecia mais transparente que o normal. Embora pudesse observar o fundo com clareza, verifiquei que as águas estavam com 30 metros de profundidade. O clima de repente ficou insuportável, muito calor, com rajadas de ar semelhantes ao vapor de ferro quente. À medida que anoitecia, os sopros de vento regressavam, e era impossível conceber maior calmaria que aquela. A chama de uma vela queimava na popa sem nenhum movimento perceptível. Na verdade, era impossível detectar a movimentação de qualquer objeto, até mesmo de um longo fio de cabelo sustentado pela ponta dos dedos. E, como o capitão não encontrara indícios de perigo enquanto estávamos à deriva em direção à costa, ordenou que as velas fossem içadas e a âncora lançada. Nenhuma sentinela foi escalada, e a tripulação, constituída na maioria por malaios, relaxou à vontade no convés.

Tomado por um mau pressentimento, caminhei em direção ao andar inferior. De fato, todos aqueles fenômenos me alertavam sobre a possível chegada de um simum.[23]

---

23 Vento muito quente, forte e perigoso. Originado nos desertos, geralmente sopra do Sul em direção ao Norte da África e nos desertos do Oriente Médio. (N. da T.)

Contei ao capitão meus temores, mas o senhor fez pouco caso do que eu disse, retirando-se sem proferir resposta. O desconforto, entretanto, não me deixava dormir e, por volta da meia-noite, subi para o convés. Ao firmar o pé no último degrau da escada, sobressaltei-me com um ruído muito alto, como o zumbido causado pelo rápido movimento de um moinho. Antes que pudesse identificar sua origem, senti o navio estremecendo até seu centro. No instante seguinte, uma vastidão de espuma nos arremessou para a ponta da embarcação e, passando sobre nós para a frente e para trás, varreu todo o convés da proa à popa.

De certa forma, a extrema fúria da rajada apresentou-se como a salvação do navio. Embora completamente alagado, já que seus mastros se perderam na inundação, ele emergiu pesadamente após um minuto. Ainda titubeando por alguns instantes sob a imensa pressão da tempestade, a embarcação finalmente se estabilizou.

É impossível compreender o milagre que me poupou de tão violenta morte. Atordoado pelo choque da água, ao recobrar a consciência, encontrei-me prensado entre o cadaste e o leme. Com grande dificuldade, levantei-me confuso e, ao observar os arredores, fui acometido pelo aterrorizante pensamento de que talvez estivéssemos em área de arrebentação. Entretanto, ainda mais aterrorizante e sobrenatural

EDGAR ALLAN POE

era o redemoinho que se formara naquela enorme montanha de espumas marinhas e que subitamente nos engolira. Depois de um certo tempo, ouvi a voz de um velho sueco que havia embarcado quando deixamos o porto. Acenei para ele com todas as minhas forças, e o homem se aproximou, cambaleando em direção à popa. Logo descobrimos que éramos os únicos sobreviventes do acidente. Todos que estavam no convés, exceto nós, foram varridos para o mar. O capitão e seus parceiros provavelmente morreram enquanto dormiam, pois as cabines estavam todas submersas. Sem ajuda, não tínhamos como fazer muito pela segurança do navio, e nossa coragem foi momentaneamente drenada pela apreensão de que fôssemos afundar. É claro que, logo no primeiro suspiro do furacão, o cabo da âncora se partira como barbante de embrulho — e, não fosse isso, teríamos afundado na mesma hora. Flutuávamos em alta velocidade oceano adentro, e ondas íngremes quebravam sobre nós. A estrutura da popa encontrava-se demasiadamente destruída; na verdade, quase todos os setores sofreram prejuízos consideráveis. Para nossa sorte, entretanto, constatamos que as bombas de água estavam desobstruídas e que o lastro ainda nos mantinha estáveis. O auge da fúria do temporal havia passado, e já não víamos tanto perigo na violência do vento. Contudo, encarávamos sua quietude com desânimo, crentes de que, em condições tão precárias, inevitavelmente pereceríamos nas gigantescas ondas que estariam por vir. Naquele momento, porém, não parecia que essa válida preocupação se confirmaria tão cedo. Por cinco dias e cinco noites — período no qual nossa única subsistência foi garantida por uma pequena quantidade de açúcar mascavo, obtida com muita dificuldade no castelo de proa —, o gigantesco navio voou pelas águas numa velocidade incalculável, diante de fortes rajadas de vento, que, apesar de inigualáveis à violência inicial do simum, eram mais colossais que qualquer tempestade que eu já presenciara. Nosso trajeto, pelos quatro primeiros dias, seguia de sudeste para sul, com poucas variações, e provavelmente navegamos pela costa da Nova Holanda[24]. No quinto dia, o frio se tornou extremo — mesmo que o vento tenha levemente se voltado a norte. Nesse mesmo dia, o sol nasceu com um fraco brilho amarelado e escalou apenas alguns graus acima do horizonte, emitindo somente uma luz instável. Parecia não haver nuvens, mas o vento ganhava força e esporadicamente soprava com uma fúria vacilante. Por volta do meio-dia — horário estimado por nós —, nossa atenção foi novamente atraída pela presença do sol. Ele não emitia luz de fato, apenas um brilho opaco e sombrio, como raios polarizados. Pouco antes de afundar no mar túrgido, suas chamas centrais apagaram-se de repente, como que extintas

24 Atual Austrália. (N. da T.)

por algum poder inexplicável. O sol formava um arco pela metade, turvo enquanto desaparecia no imensurável oceano. Esperamos em vão pela chegada do sexto dia, que ainda havia chegado para mim e jamais chegaria para o sueco. Dali em diante, fomos envolvidos por uma escuridão tão tenebrosa que se tornou impossível enxergar qualquer objeto que estivesse a cerca de 6 metros do navio. A noite eterna continuava a nos rodear, e não podíamos contar com o brilho fosforescente do mar que tanto nos aliviava nas águas tropicais. Observamos também que, embora a tempestade seguisse com sua fúria habitual, a espuma e a rebentação que nos acompanhara até ali haviam cessado. Todavia, tudo ao nosso redor era horror, escuridão intensa e um sufocante deserto de ébano. O pânico supersticioso rastejava lentamente pelo espírito do velho sueco, e minha própria alma havia sido invadida por um assombroso silêncio. Negligenciamos todos os cuidados com o navio, mais do que inúteis, e apenas segurávamos, com todas as forças, o mastro de mezena, observando com amargura o vasto mundo do oceano. Não tínhamos como calcular o tempo, tampouco adivinhar nossa localização. Estávamos, entretanto, certos de que avançáramos mais ao sul que qualquer outro navegador na história. E nos causava certo espanto não termos encontrado formações de gelo, bastante frequentes nessa região. Enquanto isso, cada segundo ameaçava ser o último

— e cada vagalhão montanhoso se lançava para nos devorar. A ondulação superava qualquer horror que pudesse imaginar — e era um milagre não termos sido por ela sepultados. Meu parceiro falava sobre a leveza da carga, sempre destacando a excelente qualidade do navio, mas eu não conseguia deixar de pensar na desesperança da própria esperança e, desolado, me preparava para a morte, que, pelos meus cálculos, não demoraria mais de uma hora, pois, a cada nó do percurso do navio, mais aterradora tornava-se a agitação daqueles negros e prodigiosos mares. Às vezes, respirávamos ofegantes em busca de ar, numa altitude superior ao voo de um albatroz. Outras vezes, ficávamos tontos com a velocidade da queda para dentro de um inferno aquático, onde o ar se estagnava e nada era capaz de atrapalhar o descanso do Kraken.

Estávamos no fundo de um desses abismos quando um súbito grito do meu companheiro irrompeu terrivelmente na escuridão:

— Veja! Veja! — disse berrando em meus ouvidos. — Deus todo poderoso! Veja! Veja!

Enquanto falava, dei-me conta de um brilho de luz vermelha, bem fraco e sombrio, que escorria pelas paredes do vasto abismo no qual caíramos e, ocasionalmente, iluminava o convés. Ao olhar para cima, contemplei um espetáculo que me congelou o sangue nas veias. Diretamente acima de nós, na crista de uma onda gigantesca, bem na beira daquele precipício, flutuava um enorme navio de umas 4 mil toneladas.

Embora estivesse numa altura que devia ser pelo menos umas cem vezes maior que a sua, era perceptível que o tamanho daquela embarcação excedia o de qualquer navio da linha de frente ou da Companhia das Índias Orientais. Seu enorme casco era de um tom preto intenso e sombrio, e não consegui identificar nenhum detalhe comumente entalhado nos navios. Uma única fileira de canhões de bronze apontava nas portinholas abertas, refletindo no metal polido as chamas de inúmeras lanternas que balançavam para lá e para cá sobre o cordame. Contudo, o que mais despertara nosso temor e assombro era a maneira pela qual se sustentava naquele mar violento, com toda a pressão exercida pela força incontrolável do furacão nas velas ainda içadas. Na primeira vez que o encontramos, apenas a proa podia ser vista ao emergir lentamente daquele terrível abismo sombrio. Depois, por um momento de intenso pavor, estabilizou-se sobre o vertiginoso cume, como se contemplasse sua própria magnificência; então estremeceu, vacilou e caiu.

Nesse momento, um indescritível autocontrole tomou conta do meu espírito. Cambaleando, caminhei o máximo que pude em direção à popa — e lá aguardei, sem qualquer medo, a ruína que arrasaria tudo. Nossa própria embarcação parecia entregar os pontos e afundava a cabeça no oceano — então, quando o choque da massa descendente atingiu essa parte já submersa, uma violência fatal e incontrolável me lançou ao cordame daquele navio estranho.

Assim que caí, o navio mudou seu rumo e guinou para bombordo — a essa confusa mudança, atribuí o fato de minha presença não ter sido notada pela tripulação. Com pouca dificuldade, caminhei despercebido até a escotilha principal, que se encontrava parcialmente aberta, e logo encontrei a oportunidade perfeita para secretamente me esconder no porão. Por que fiz isso é difícil dizer. Não sei ao certo. Talvez o principal motivo da busca pelo refúgio tenha sido uma estranha sensação de pavor que me acometera assim que bati os olhos na tripulação do navio. Não estava disposto a confiar num tipo de gente que demonstrara, quando eu apenas os via de relance, tantos traços de inexperiência, dúvida e apreensão. Por esse motivo, julguei mais apropriado planejar um esconderijo no porão. Para tanto, removi algumas tábuas de apoio das cargas, de modo que pudesse usufruir um refúgio mais adequado entre as grandes vigas do navio.

Eu mal concluíra meu trabalho quando ouvi passos se aproximando no porão — e logo fui obrigado a estrear o esconderijo. Observei o homem passar bem próximo a mim, com pisadas leves e irregulares. Não consegui enxergar seu rosto, mas foi possível assimilar sua aparência geral, cujas características revelavam evidências de idade avançada e enfermidade. Os joelhos cambaleavam com o peso dos anos, e todo o esqueleto do homem tremia por causa do fardo. Em tom baixo, murmurou algumas palavras interpoladas numa língua que eu desconhecia. Então, começou a tatear um canto, em meio a uma pilha de instrumentos estranhos e mapas de navegação deteriorados. Seus gestos pareciam uma mistura bizarra de rabugice da terceira idade com a solene dignidade de um deus. Depois de algum tempo, retornou ao convés e eu nunca mais o vi.

Um sentimento indescritível tomou posse da minha alma. Uma sensação que não está sujeita a análises, tampouco pode ser explicada por qualquer lição do passado — e para a qual eu temo que nem mesmo o futuro me trará respostas. Para uma mente como a minha, essa última consideração é o inferno. Nunca estarei — tenho certeza de que nunca estarei — satisfeito quanto à natureza das minhas próprias concepções. Entretanto, não é de estranhar que essas concepções sejam indefinidas, visto que se originam de fontes tão inéditas. Um novo sentimento, uma nova entidade foi adicionada à minha mente.

Faz muito tempo desde que pisei pela primeira vez no convés deste terrível navio — e creio que, neste lugar, os raios do meu destino estão convergindo para um foco. Homens incompreensíveis! Absortos num tipo de meditação que não sou capaz de compreender. Passam por mim e não notam minha presença. Esconder-me é tolice diante de pessoas que se recusam a ver. Agora mesmo, passei bem diante dos olhos de um suboficial; e não faz muito tempo que me atrevi a entrar na cabine privada do capitão — onde peguei os materiais com os quais escrevo e venho escrevendo. De tempos em tempos, darei continuidade a este diário. É provável que não tenha a oportunidade de compartilhá-lo com o mundo, mas não pouparei esforços para fazer com que isso aconteça. No meu último segundo, enfiarei o manuscrito numa garrafa e a lançarei ao mar.

Um incidente me forneceu novo espaço para reflexão. Seria tudo isso fruto de um constante acaso? Aventurei-me pelo convés e, sem despertar atenção, deitei-me num bote, sobre uma pilha de cordas e velas que lá estavam. Enquanto ponderava sobre a singularidade do meu destino, involuntariamente pincelei com uma escova as pontas de uma vela, dobrada com o maior cuidado e posicionada sobre um barril ao meu lado. Essa vela está agora içada no navio, e as impulsivas pinceladas da escova formam a palavra DESCOBERTA.

Ultimamente, tenho observado com muita atenção a estrutura da embarcação. Embora bem equipada, não acredito que seja um navio de guerra. O cordame, a estrutura e os equipamentos de modo geral, todos refutam essa suposição. O que ela não é, consigo facilmente compreender — entretanto, temo que seja impossível afirmar o que de fato é. Não sei por que, mas, ao analisar seu estranho modelo e o peculiar conjunto de mastros, seu tamanho colossal e as amplas velas, sua proa absurdamente simples e a popa antiquada, um sentimento de familiaridade se desperta em minha mente. Misturadas às sombras indistintas de lembranças, sempre existem incontáveis memórias de antigas crônicas estrangeiras e de eras muito remotas.

Tenho também observado as vigas deste navio. Desconheço a madeira da qual é feito. Há algo de peculiar nesse material que me surpreende, pois, de certa forma, parece ser inadequado para seu propósito. Refiro-me à extrema porosidade da madeira, utilizada apesar das chances de ser corroída como resultado das navegações nesses mares e do desgaste natural causado pelo tempo. Talvez soe como uma observação demasiadamente estranha, mas essa madeira teria todas as características do carvalho espanhol se este pudesse dilatar-se por meios artificiais.

Lendo a frase acima, um curioso aforismo de um velho navegador holandês me vem à mente. "Mas é evidente!", costumava dizer quando duvidavam de suas verdades. "Tão

HISTÓRIAS EXTRAORDINÁRIAS

evidente quanto a existência de um mar onde todo o navio aumenta de tamanho, assim como o próprio corpo vivo do marinheiro se estica."

Há cerca de uma hora, tomei coragem e me misturei a um grupo de tripulantes. Não me deram a mínima atenção e, embora tenha estagnado exatamente no meio deles, pareciam completamente alheios à minha presença. Como o velho que vira no esconderijo, todos carregavam consigo marcas de uma velhice desgastada. Os joelhos tremiam por enfermidade; os ombros curvados por decrepitude; as peles enrugadas sacudiam com o vento; as vozes, baixas e lentas, tremulavam interpoladas; os olhos cintilavam com o reumatismo dos anos, e os cabelos grisalhos esvoaçavam com a terrível tempestade. Ao redor deles, instrumentos matemáticos de formatos esquisitos e obsoletos se espalhavam por todos os cantos do convés.

Há algum tempo, mencionei o envergamento de uma vela adicional. Daquele dia em diante, o navio prosseguiu seu fantástico trajeto sendo arrastado pelo vento rumo ao sul, com todas as velas dobradas sobre ele, desde o topo do mastro até as que ficam atrás da proa, balançando suas longas vergas no mais aterrorizante inferno de água que a mente humana já pôde conceber. Acabei de sair do convés, onde me parece impossível permanecer em pé — embora a tripulação não enfrente semelhante inconveniente. Para mim, o maior milagre do mundo é nosso casco não ser engolido de uma vez por todas. Certamente estamos fadados a perambular continuamente à beira da eternidade, sem nunca concluir o mergulho final para dentro do abismo. Por vagalhões infinitamente mais estupendos que qualquer outro já visto, planamos com a facilidade de uma gaivota, e as águas colossais elevaram sua cabeça sobre nós como demônios das profundezas — cujos poderes se limitam a apenas ameaçar, sendo proibidos de destruir. Estou propenso a atribuir esses frequentes escapes ao único fator natural que poderia causar tal efeito: suponho que o navio esteja sob influência de alguma forte correnteza ou impetuosa ressaca.

Estive cara a cara com o capitão em sua própria cabine — mas, como já esperava, nem sequer notou minha presença. Ainda que, para um observador desatento, não haja em sua aparência indícios de que seja mais ou menos humano, um incontrolável sentimento de reverência e temor mesclava-se ao pavor com o qual eu o encarava. Em altura, é quase do meu tamanho — isto é, aproximadamente 1 metro e 70. Já a estrutura física é rígida e compacta, nem robusta nem magricela. Entretanto, a singularidade da expressão que reina em seu rosto — a intensa, maravilhosa e tocante evidência da velhice, tão profunda e extrema que meu espírito se anima de emoção — é um sentimento inefável. Sua fronte, embora um pouco enrugada, parece estampar uma miríade de anos. Os cabelos grisalhos são registros do passado, e os olhos, ainda mais cinzentos, são as sibilas do futuro. O chão da cabine estava repleto de estranhos fólios com fechos de metal, instrumentos científicos mofados e mapas obsoletos, visivelmente abandonados havia muito tempo. Com a cabeça apoiada nas mãos e o olhar vibrante e inquieto, o capitão lia, absorto, um papel que julguei ser uma procuração — em todo caso, importa dizer que o documento carregava a assinatura de um monarca. Murmurou a si mesmo algumas sílabas rabugentas numa língua estrangeira, como também fizera aquele marinheiro no porão; e, posto que estivesse bem ao meu lado, sua voz parecia estar a 1 quilômetro de distância.

    O navio e tudo que há nele estão tomados pelo espírito da Antiguidade. A tripulação plana para lá e para cá como fantasmas de séculos passados. Quando cruzam meu caminho, observo seus olhares ansiosos e apreensivos sob a claridade intensa das lanternas. Nesses momentos, embora tenha sido um negociante de antiguidades por toda a vida e me embebido nas sombras das ruínas de Balbeque, Palmira e Persépolis até que minha própria alma ruísse, sinto algo que nunca havia experienciado antes.

    Ao olhar ao meu redor, envergonho-me das apreensões iniciais. Se tremi diante da tempestade que nos acompanhou até aqui, não deveria ficar horrorizado perante uma guerra entre o vento e o oceano, cuja intensidade nem sequer consigo nomear? As palavras "tornado" ou "simum" parecem ínfimas diante de sua força. Tudo que há nos arredores próximos do navio é a escuridão da noite eterna e o caos de água sem espuma; mas, de vez em quando, a cerca de 1 légua de cada lado do navio, podemos nitidamente avistar estupendas muralhas de gelo que se erguem para dentro do céu desolado, como barreiras do universo.

Assim como imaginei, agora estou certo de que o navio segue uma correnteza — se é que podemos denominar como correnteza este fluxo que, uivando e gritando pelo gelo branco, dispara rumo ao sul com a velocidade precipitada e voraz de uma catarata.

Presumo que seja impossível conceber o terror que me consome; no entanto, a curiosidade de penetrar os mistérios desses lugares medonhos domina até meu próprio desespero — e me reconcilia com a horripilante ideia da morte. Está evidente que corremos em direção a alguma novidade emocionante, algum segredo que jamais poderá ser revelado — e cuja descoberta nos destruirá. Talvez a correnteza nos leve ao próprio Polo Sul. Apesar de essa ser uma suposição aparentemente extrema, é preciso confessar que todos os indícios estão a seu favor.

A tripulação percorre o convés com passos trêmulos e inquietos; mas agora nos semblantes vejo expressões mais ávidas pela esperança do que apáticas pelo desespero. Enquanto isso, o vento ainda invade a popa e, como temos uma imensidão de velas içadas, o navio às vezes paira completamente fora da água. Ah, quanto horror seguido de horror! De repente, o gelo se abre à esquerda e à direita do navio; então giramos vertiginosamente em imensos círculos concêntricos, rodopiando nas bordas de um gigantesco anfiteatro romano, e os cumes das paredes se perdem na imensa escuridão. Pouco tempo me resta para ponderar sobre meu destino! Os círculos se fecham cada vez mais! Estamos descontroladamente mergulhando nas garras do redemoinho! Em meio aos estrondos, estouros e trovoadas do oceano e da tempestade, o navio estremece e... misericórdia! Está afundando!

ILUSTRAÇÃO ARTHUR RACKHAM (1935)

O DEMÔNIO DA PERVERSIDADE

Ao examinar as faculdades e os impulsos dos principais móveis da alma humana, os frenologistas[25] fracassaram ao deixar de examinar uma tendência que, embora exista como um sentimento radical, primitivo e irredutível, tem sido igualmente negligenciada por todos os moralistas que os precederam. Por pura arrogância da razão, todos nós a negligenciamos. Temos permitido que sua existência escape aos nossos sentidos, tão-somente pela falta de crença ou de fé; seja fé na Revelação ou fé na Cabala. A ideia dessa tendência

---

25 A frenologia é uma pseudociência que busca relacionar as características físicas do crânio e do cérebro às faculdades e aptidões mentais de uma pessoa. Segundo essa teoria, o cérebro humano seria dividido em partes, como se fossem diferentes órgãos, responsáveis pelos aspectos e tendências do comportamento humano. (N. da T.)

nunca nos ocorreu, simplesmente por causa de sua superfluidade. Não sentíamos necessidade do impulso... para a propensão. Não reconhecíamos sua importância. Não podíamos compreender, isto é, não podíamos ter compreendido, ainda que a noção desse *primum mobile*[26] já tivesse sido imposta a nós — não foi possível compreender de que maneira ela seria capaz de impulsionar a criação dos objetos da humanidade, temporários ou eternos. Não há como negar que a frenologia e, em grande medida, todo o pensamento metafísico tem sido produzido *a priori*. O homem intelectual, guiado pela lógica, ao contrário daquele compreensivo ou observador, empenha-se em imaginar projetos, a ditar propósitos a Deus. Assim, concebe as intenções de Jeová a seu bel-prazer e, a partir delas, elabora inúmeros sistemas mentais.

Por exemplo, no caso da frenologia, primeiro determinamos a condição mais natural; isto é, o fato de que a obra do Divino determinou que o ser humano deve se alimentar. Então, definimos que existe um órgão responsável por incitar o apetite, e esse órgão é o chicote com o qual o Divino compele o homem a comer — quer queira, quer não. Em seguida, ao definir que é da vontade de Deus que o homem dê sequência à espécie, logo descobrimos que existe um órgão da

---

26 Na astronomia clássica, o *primum mobile* era considerado a esfera mais externa do modelo geocêntrico do universo. Do latim, "primeiro movido". (N. da T.)

amatividade, que incita o desejo amoroso e sexual. E assim por diante, com a combatividade, a causalidade, a construtividade — enfim, com cada órgão que represente uma tendência, uma opinião moral ou uma faculdade do intelecto. Ao que tudo indica, nesses acordos sobre os princípios da ação humana, os seguidores de Spurzheim — estejam eles corretos ou não, parcialmente ou totalmente — não fizeram nada além de seguir os passos de seus antecessores, deduzindo e determinando cada coisa com base no destino preconcebido do homem e nos objetivos de seu Criador.

Teria sido mais sábio, mais seguro, classificar — se é que podemos classificar — com base no que o homem geralmente ou eventualmente faz ou naquilo que sempre acaba fazendo, em vez de levar em conta o que acreditávamos ser obra do Divino. Se não podemos compreender Deus nos seus feitos visíveis, como, então, poderíamos compreendê-lo nos intangíveis pensamentos que dão vida às suas criações? Se não podemos compreendê-lo nas criaturas reais, como, então, poderíamos compreendê-lo na essência de suas vontades e planos?

A indução *a posteriori* teria levado a frenologia a admitir, como princípio inato e primitivo da ação humana, um traço paradoxal que, na falta de um termo mais exato, chamaremos de "perversidade". O sentido que tenho em mente é, na verdade, a ideia de um móbil sem motivo, ou um motivo desmotivado. Sob sua influência, agimos sem uma motivação compreensível; ou, caso isso seja entendido como uma contradição em sua terminologia, podemos mudar a proposição ao dizer que, sob sua influência, agimos motivados pelo fato de que não deveríamos agir.

Na teoria, não há lógica que possa ser ilógica; mas, na prática, uma não é superior à outra. Para algumas mentes, sob certas circunstâncias, isso se torna absolutamente irresistível. Assim como tenho plena certeza de que respiro, asseguro sem sombra de dúvidas que a convicção do errado ou do erro de qualquer ação é geralmente uma força invencível que nos encoraja e a única que nos impele a prosseguir no erro. E essa irresistível tendência de fazer o mal em consequência do próprio mal não admite análise ou solução de seus princípios ocultos. É um impulso radical, primitivo e fundamental. Estou certo de que alguns contestarão afirmando que, quando persistimos em ações porque sentimos que não deveríamos persistir nelas, nossa conduta é apenas uma modificação daquela que geralmente resulta da combatividade proposta pela frenologia. Entretanto, uma simples análise demonstra a falácia dessa ideia. A combatividade frenológica tem por essência a necessidade de autodefesa. É nossa salvaguarda contra danos. Seu princípio objetiva nosso bem-estar; ou seja, conforme a combatividade é ativada, o desejo de bem-estar se intensifica com ela. Por conseguinte, esse desejo de bem-estar seria estimulado concomitantemente a qualquer princípio que

HISTÓRIAS EXTRAORDINÁRIAS

fosse uma mera modificação da combatividade; entretanto, no caso do atributo que denomino como "perversidade", o desejo de bem-estar não apenas é desestimulado, como também completamente antagônico ao sentimento envolvido.

No fim das contas, um apelo ao próprio coração é a melhor resposta ao sofisma que acabamos de constatar. Ninguém que de fato consulte e questione minuciosamente a própria alma ficará propenso a negar toda a radicalidade da tendência em questão. Ela não é mais incompreensível que perceptível. Por exemplo, não há quem não tenha sido tentado, em algum momento da vida, por um profundo desejo de importunar um ouvinte por meio de rodeios e circunlóquios. O falante tem plena noção de que desagrada; entretanto, tem a boa vontade em agradar. Geralmente é abrupto, direto e claro, mesmo que o uso da linguagem concisa e tangível lute contra sua própria língua. É apenas com muita dificuldade que consegue se conter para que as palavras não transbordem. Teme e ignora a raiva daquele a quem se dirige; entretanto, é consumido pela ideia de que, por meio de alguns floreios e parênteses, a raiva poderia vir à tona. E basta essa única ideia para que o impulso se converta em vontade, a vontade em desejo, e o desejo numa ânsia incontrolável, que, para eterno arrependimento e angústia do falante, em oposição a todas as consequências, é satisfeita.

Agora vejamos a seguinte situação: temos uma tarefa diante de nós que deve ser rapidamente executada. Sabemos que atrasá-la nos trará malefícios. A crise mais importante da nossa vida clama aos gritos por eficiência e uma ação imediata. Resplandecemo-nos, consumidos pelo entusiasmo de iniciar o trabalho. Nossas almas incendeiam-se pelo ímpeto de alcançar os gloriosos resultados. É urgente, a tarefa deve ser executada ainda hoje; no entanto, acabamos postergando para o dia seguinte. Por que agimos assim? Não há explicação, exceto assumirmos que fomos tomados pela perversão — fazendo uso do termo sem de fato compreender suas motivações.

Finalmente, o amanhã chega e, com ele, vem uma ansiedade ainda mais inquietante de concluir nosso dever; mas, junto com essa explosão de ansiedade, somos atingidos por um pavor indescritível, embora positivo, que almeja desesperadamente um adiamento. E, quanto mais o tempo passa, mais o desejo nos consome. A última hora para agir está iminente. Estremecemos com a violência do conflito que se cria dentro de nós, entre o definido e o indefinido, entre o real e a sombra do desconhecido. No entanto, quando a competição se prolonga a esse ponto, a sombra sempre prevalece — e toda luta é em vão. O relógio bate, e sua badalada anuncia nosso último instante de bem-estar. Ao mesmo tempo, é o cantar do galo para o fantasma que tanto nos intimidou. Ele voa, desaparece. Estamos livres. A antiga energia retorna. Trabalharemos agora... mas ai de nós! Agora é tarde demais!

Nós estamos à beira de um precipício. Perscrutamos o profundo abismo e logo ficamos enjoados, desorientados. O primeiro impulso é recuar, afastar-se do perigo. Porém, inexplicavelmente permanecemos. Pouco a pouco, o enjoo, a vertigem e o pavor mesclam-se a uma nuvem de sensações indescritíveis. Gradualmente, de maneira ainda mais imperceptível, a nuvem toma forma, assim como a fumaça da lâmpada mágica do gênio das *Mil e Uma Noites*. Porém, dessa nuvem sobre a beira do precipício, surge uma forma palpável, bem mais terrível que qualquer gênio ou demônio mitológico, ainda que seja apenas um pensamento. Sua imagem provoca-nos tanto medo que até a medula dos ossos se arrepia diante do feroz deleite do seu horror. É simplesmente a representação do que sentiríamos durante uma queda precipitada de tal altura. E visto que a queda, essa repentina aniquilação, apresenta-nos a imagem mais medonha e repugnante entre todas as imagens medonhas e repugnantes da morte e do sofrimento, uma visão que jamais fora apresentada à nossa imaginação, somos tomados pelo mais vívido desejo de experienciá-la. Quanto mais a razão nos afasta violentamente da borda, mais somos levados pelo impulso de nos aproximar. Não há nenhuma outra paixão na natureza que seja tão impaciente e diabólica quanto a daquele que, trêmulo diante da beira de um precipício, contempla um possível mergulho. Deixar-se levar por qualquer tentação do pensamento, mesmo que por um instante, é estar inevitavelmente perdido; pois a reflexão nos obriga a recuar, e é exatamente isso que não conseguimos fazer. Se não houver algum braço amigo que nos impeça, ou se não nos esforçarmos subitamente para recuar da beira, no precipício mergulharemos e nele nos destruiremos.

Ao examinar ações semelhantes a essas, percebemos que só podem ter sido causadas pelo espírito da perversidade. Cometemos essas ações porque sentimos que são erradas, que não deveríamos praticá-las. Não há um princípio inteligível além ou por trás disso. E certamente poderíamos supor que essa perversidade é uma provocação direta do demônio — se não soubéssemos, é claro, que ela ocasionalmente opera em prol do bem.

Enfim, tanto alonguei-me nesse assunto para que pudesse sanar tuas dúvidas e explicar-te os motivos que me trouxeram até aqui, caro leitor. Espero que compreendas vagamente meu ponto de vista sobre o ato que me colocou nesses grilhões, que me fez habitante desta cela como condenado. Se prolixo não fosse, é provável que não me compreenderias plenamente ou, como todo o resto da gentalha, julgar-me-ias louco. Desse modo, facilmente perceberás que sou apenas uma das inúmeras vítimas do Demônio da Perversidade.

É impossível que qualquer outra façanha tenha sido realizada com mais perfeita dedicação. Ao longo de semanas, de meses, ponderei sobre os meios do assassinato. Rejeitei milhares de planos, porque suas realizações envolviam alguma chance de ser descoberto. Por fim, lendo algumas memórias francesas, deparei-me com o relato de uma doença quase fatal que acometera madame Pilau, em consequência de uma vela acidentalmente envenenada. A ideia dominou minha imaginação em segundos. Sabia que minha vítima tinha o hábito de ler na cama. Sabia também que seus aposentos eram estreitos e mal ventilados. Mas serei sucinto, não te importunarei com detalhes impertinentes. Não preciso descrever-te as simples artimanhas com as quais substituí, no castiçal de seu dormitório, a vela que ali encontrei por outra que eu mesmo fizera. Na manhã seguinte, encontraram-na morta na cama, e o veredito do médico legista foi: "Morte por visita de Deus".

Tendo herdado seu patrimônio, tudo correu bem para mim durante anos. A ideia de ser pego jamais assombrou meus pensamentos. Encarreguei-me de cuidadosamente descartar os restos da vela mortal, não deixara rastro algum que pudesse me condenar ou sequer levantar suspeitas de ter sido eu o culpado. É impossível descrever a intensidade da satisfação que me inundava o peito toda vez que ponderava sobre minha absoluta segurança. Por um longo período, acostumei-me a desfrutar daquele sentimento. A sensação proporcionava-me mais deleite que todas as meras vantagens mundanas que decorreram daquele pecado. No entanto, num dado momento, aquele sentimento prazeroso passou a se intensificar de maneira tão gradual e imperceptível que se tornou um pensamento obsessivo e atormentador. Atormentava-me porque obcecava. Nem por um instante conseguia me desvencilhar. É bem comum termos os ouvidos ou a memória perturbada pelo zumbido de alguma canção medíocre ou de trechos inexpressivos de ópera. Entretanto, não menos incomodados ficaríamos se a canção fosse boa ou se a ária de ópera tivesse algum mérito. Dessa forma, passei a constantemente me flagrar refletindo sobre minha segurança e, sussurrando, repetia a frase: "Estou a salvo!"

Um dia, enquanto perambulava pelas ruas, contive o ímpeto de murmurar meio alto essas sílabas tão rotineiras. Porém, num acesso de audácia, decidi complementar o mantra da seguinte forma: "Estou a salvo... estou a salvo... estou... contanto que não seja tolo a ponto de confessá-lo abertamente!"

Assim que pronunciei essas palavras, um gélido arrepio chegou ao meu coração. Já tivera outras experiências com acessos de perversidade — cuja natureza tive certa dificuldade em entender — e recordei-me de que em nenhum dos casos resistira com êxito aos ataques. E agora minha própria e casual autossugestão de que talvez fosse tolo o bastante para confessar o assassinato confrontava-me, como se o espírito de quem eu matara estivesse acenando para mim ao lado da morte.

De início, fiz um esforço para afastar da alma aquele sórdido pesadelo. Acelerei os passos... mais e mais rápido...

até que me pus a correr. Senti uma vontade desesperadora de gritar bem alto. A cada nova onda de pensamento, meu corpo transbordava com novos horrores, porque... ai de mim! Eu sabia muito bem que, na minha situação, pensar era estar perdido. Acelerava ainda mais os passos. Saltava como um demente pelas vias lotadas. Por fim, a gentalha se alvoroçou e se pôs a me seguir. Senti, então, minha sorte ser consumada. Se pudesse, certamente teria arrancado a língua, mas uma voz áspera ressoou em meus ouvidos — e uma mão ainda mais áspera agarrou-me pelo ombro. Virei-me, arfando em busca de ar. Por um momento, experienciei todos os estágios da asfixia — fiquei cego, surdo e atordoado. Foi então que, subitamente, atingiu-me as costas a imensa palma daquele que acredito ser um demônio invisível. O segredo por tanto tempo aprisionado irrompeu de minha alma.

Dizem que me expressei com exímia clareza, embora visivelmente afetado e agitado, em completo estado de êxtase. Era como se estivesse apavorado pela ideia de ser interrompido antes de concluir as breves e significativas frases que me entregariam de mão beijada ao carrasco e ao inferno.

Tendo relatado tudo que fosse necessário para plena prova judicial, caí desfalecido.

Mas o que me resta dizer? Hoje, uso estas correntes e estou aqui! Amanhã, estarei livre dos ferros! Mas onde?

Impressão e Acabamento
Gráfica Oceano